Maya Rasker
In der Nähe des Meeres

Maya Rasker

In der Nähe des Meeres

ROMAN

Aus dem Niederländischen von
Helga van Beuningen

Sammlung Luchterhand

Die Originalausgabe erschien 2003 unter dem Titel *Rekwisieten* bei Uitgeverij Augustus, Amsterdam.

Die Übersetzung wurde gefördert vom Nederlands Literair Productie- en Vertalingenfonds.

Verlagsgruppe Random House FSC-DEU-0100
Das FSC-zertifizierte Papier *Munken Print* für die Sammlung Luchterhand liefert Arctic Paper Munkedals AB, Schweden.

1. Auflage
Deutsche Erstausgabe

Gesetzt aus der Fairfield light von
Filmsatz Schröter GmbH, München
Druck und Einband: Clausen & Bosse, Leck
Printed in Germany
ISBN-10: 3-630-62080-9
ISBN-13: 978-3-630-62080-0

www.luchterhand-literaturverlag.de

»We are such stuff
As dreams are made on, and our little life
Is rounded with a sleep.«

William Shakespeare, *The Tempest*

Prolog

(Chor)
»Viel gibt es auf der Welt, was den Geist erstaunt,
Doch nichts Bestürzenderes als den Menschen.
Wessen Idee war es, ihr Kinder zu schenken,
Sie zu befruchten mit dem Samen des Verfalls?
Von Anfang an belastet ist das geschenkte Leben,
Und auch die Schenkerin, die Trägerin des Lebens,
Empfängt mit tödlicher Verpflichtung.
Nicht eines – zwei bekam sie in den Schoß geworfen,
Brüder zudem, die beschlossen, einander mehr
Liebe zu geben als ihr. Nicht wie Geliebte
– So waren sie nicht, auch wenn sie das Bett
Und die Gedanken teilten, die Liebende teilen.
Doch auch dies stimmt: Sie waren Kampfgefährten.
Und im Kampf ist das Überleben des einen
Nicht mehr oder weniger wert als das des anderen.
Ein würdiger Feind ist, was sie suchten,
Denn voreinander hatten sie zuviel Respekt.
Was hat sich in der Gebärmutter vollzogen?
Für welch Geheimnis wurde hier der Keim gelegt?
Wollte man ihr eine Rolle zuteilen,
So war es die der Zuschauerin:
Keine Rolle, Empfängerin der Schönheit und des Bösen,
Das aus ihrem Leben quoll, verstrickt in Worte,
Die nie die ihren gewesen sind.«

Requisiten

»On ne meurt pas chacun pour soi,
mais les uns pour les autres,
ou même les uns à la place des autres, qui sait?«

Francis Poulenc, *Les Dialogues des Carmélites*

I

– Daran erinnere ich mich: ein Dachraum, eine Schräge, eine Gaube, in der sich das Fenster nach beiden Seiten hin öffnen läßt. Der Fußboden besteht aus Holzbrettern, auf denen ein Teppich liegt. Grün. Kreise. Ich erinnere mich an die grünen Kreise, die in der Nähe des Bettes verblichen sind, graue Halbkreise sind es, ein parabolisches Muster. Die Fußbodenbretter sind ungestrichen, aber sauber. Alles ist sauber in dem Zimmer, immer sauber. Und an der Wand, an der Schräge neben dem Fenster, eine Zeichnung. Rote Kugeln, blaue, gelbe, grüne Kugeln – die Farben sind nicht klar, eher wäßrig –, miteinander verbunden durch dünne schwarze Linien. Es soll ein Sonnensystem darstellen. Ich muß ungefähr sieben gewesen sein, nicht älter, ich habe es mit den Farben gemalt, die vom Ostereierfärben übrig waren. Wenn man genau hinsah, konnte man meinen Fingerabdruck darin erkennen. Ich glaube nicht, daß ich einen Pinsel zum Malen hatte. Hatte ich einen Pinsel?

– Rauch. Ich erinnere mich an Rauch.

– Ein einziges Bett steht in dem Raum, ein Bett mit einem grauen Rohrgestell und einem durchhängenden Sprungfederrahmen. Wenn Mutter nicht zu Hause war, nahmen wir die Matratze heraus, um Trampolin zu springen. An der geraden Wand steht der Schrank mit Kissen und Decken und alten Bettüberwürfen. Meine Kleider waren bei dir im Zimmer, sie lagen nicht im Schrank. Und in der Ecke, dort, wo das Dach einen spitzen Winkel bildet, ist ein Paneel locker. Dort zog es, daran erinnere ich mich noch.

Was roch da übrigens nach Rauch?

– Es zog tatsächlich. Es war dort immer ein bißchen klamm. Weißt du noch, was für ein Geruch in dem Zimmer hing? Er erinnerte mich an Herbst. Mottenkugeln. Pilze. Nicht unangenehm.

– Der Spiegel war trüb. Ein ganzes Universum schien in ihm zu wachsen. Schwarze Punkte, graue Fleckchen, die immer zahlreicher wurden, Absplitterungen, die in die Mitte wuchsen, bis der ganze Spiegel blind war.

– Der Heizkörper war meistens ausgeschaltet.

– Wo hatte ich eigentlich meine Kleider? Waren die nicht in dem Schrank in deinem Zimmer? Ich weiß es nicht mehr, ich weiß nur, daß ich jeden Morgen saubere Socken anzog und eine saubere Unterhose. Den blauen Strickpullover trug ich oft. Er gehörte dir, aber du mochtest ihn nicht. Du trugst ihn nie.

– Unter den Dachziegeln haben wir ein Vogelnest gefunden.

– Er stand mir besser. Das fandest du auch.

– Wir hörten auf einmal Gepiepse. Stundenlang sind wir über den Fußboden gekrochen auf der Suche nach Mäusen, wir dachten, daß hinter den Leisten Mäuse waren, weißt du noch? Wir haben die Fußbodenleiste hinter dem Schrank weggerissen, um zu schauen, ob dahinter ein Hohlraum war. Aber es stellte sich heraus, daß es ein Vogelnest war. Unter den Dachziegeln. Nach drei Wochen waren sie weg. Dann war es ganz still.

– Eins war aus dem Nest gefallen.

– Das weiß ich nicht mehr.

– Es lag tot auf dem Fußboden im Zimmer. Winzig klein. Ein paar Tage alt.

– Das weiß ich nicht mehr.

– Wir haben es beim Hartriegel begraben. Die Vogelmutter brachte weiter Würmer für den Rest, als wäre nichts passiert. Wir haben das Kleine mit einem Wurm im Schnabel begraben, es war so mager und mickrig. Wahrscheinlich war es schon im Nest beiseite gedrückt worden, hatte die ganze Zeit nichts zu fressen gehabt.

– Das weiß ich nicht mehr.

– Du warst böse. Schrecklich böse warst du auf den Vogel und auf die Jungen, die unter unseren Augen wuchsen. Nach wenigen Tagen ragten die Köpfchen schon über den Nestrand und schrien in einem fort nach mehr. Du hast den Dachziegel hochgehoben und das ganze Nest mit einem Besenstiel in die Dachrinne befördert. Tagelang flog die Mutter noch dorthin, um ihre Kinder zu füttern. Die waren da schon lange tot, länger als drei Stunden oder so hat es nicht gedauert. Sie kam nicht an sie heran. Das Nest lag umgedreht in der Rinne. Und während dieser ganzen Zeit hast du im Dachfenster gesessen, es war ein schöner Tag, windstill, vielleicht war es schwül, vielleicht regnete oder gewitterte es an diesem Abend, und du hast mit nackten Füßen und nackten Beinen im Fenster gesessen und dir angehört, wie die Kleinen sich die Kehle wund schrien, und du hast der Vogelmutter zugeschaut, die mit Insekten und Würmern angeflogen kam, und die Sonne schien, es war warm im Zimmer, ich lag mit unter dem Kopf verschränkten Armen im Bett und schaute auf das Sonnensystem und lauschte den Geräuschen von draußen, und nach drei Stunden sah ich, wie du ein Bein über die Fensterbank hereinschwangst und dann das andere, du hattest einen Sonnenbrand auf den Beinen, und du sagtest: Jetzt sind sie alle tot.

Was roch da übrigens nach Rauch?

– Du rochst nach Rauch.

– Das weiß ich nicht mehr.

2

»Es ist nicht auszuhalten mit euch«, sagt Mutter und legt Kleidungsstücke auf einen gesonderten Stapel. Es ist Sonntag abend, Mutter legt die Wäsche zusammen. Ich sitze auf dem Hocker am Küchenfenster und sehe, wie der große Berg frischer Wäsche rechts von ihr schrumpft und die gefalteten Stapel links von ihr wachsen. Hochhäuser, denke ich: Sie sehen aus wie Hochhäuser. Ich stelle mir vor, wie zwischen diesen hohen Gebäuden Leute laufen, voller Eile auf dem Weg nach Hause: die Einkaufstasche in der einen Hand, während die andere in der Manteltasche fahrig nach dem Hausschlüssel sucht. Kobolde sind es, menschliche Monster, die sich zwischen den Wolkenkratzern aus sauberer Unterwäsche und T-Shirts, Hosen und Pullovern bewegen.

Ich achte nicht auf Mutter, sie ist heute kurz angebunden.

»Morgen geht Jona fort«, sagt sie.

Die Menschen spannen Regenschirme auf, es wird dunkel zwischen den Hochhäusern, die Dämmerung bricht mit Windgeschwindigkeit herein. Zwischen den Pullis und den Waschlappen fängt es zu regnen an. Ich weiß es bereits, sie hat es mir vorige Woche erzählt, und sie hat es auch Jona erzählt, jedem gesondert. Als hätte sie ihm etwas anderes zu sagen als mir, was Unsinn ist. Sie sagte genau dasselbe: daß Jona zur Ruhe kommen müsse und daß das zu Hause nicht möglich sei. Daß er für eine Weile bei Herrn Baselitz in dem großen Haus in den Dünen wohnen werde und bei Frau Baselitz, die die besten Pfannkuchen backe. Er brauche nicht zur Schule, hat Mutter gesagt, sie hat von Herrn Wiebe Hausaufgaben für ihn bekommen.

Jona und ich verstehen nicht, warum er zur Ruhe kommen muß. Ich frage sie.

»Wir brauchen alle drei Ruhe«, sagt sie vage. »Und du und ich ein bißchen Zeit zusammen.«

Sie habe gründlich darüber nachgedacht, sagt sie, und mit vielen Leuten darüber gesprochen. Aber ich sehe etwas anderes in ihrem Gesicht. Sie ist böse. Alle seien übrigens ihrer Meinung, sagt sie noch. Jona und ich glauben ihr nicht.

Der Bruder von Geert mußte auch zur Ruhe kommen, aber der ist nie mehr zurückgekehrt. Der Bruder von Geert war übrigens wirklich beknackt, der hat seine Mutter in den Bauch geboxt und seine Schwester gebissen und dem Hund sogar ein Bein gebrochen, zwischen den Stäben des Treppengeländers. Einfach so. Geerts Bruder ist Autist, erklärte uns Fräulein Anniek, unsere Lehrerin. Geert erzählte, daß sein Bruder ab und an für ein Wochenende in ein Heim ging, damit seine Mutter sich ausschlafen konnte. Später ging er während der Woche in dieses Heim und kam an den Wochenenden nach Hause. Jetzt ist er ganz weg und braucht auch nicht mehr zurückzukommen.

»Mein Bruder ist ein Affe«, sagte Geert forsch auf dem Schulhof, aber als die Jungs auf dem Klettergerüst Gorillalaute von sich gaben, mußte er heulen.

Jona ist kein Affe. Er beißt niemanden und hat Mutter noch nie in den Bauch geboxt.

Ich brauche keine Zeit mit Mutter, und das sage ich ihr auch: »Ich brauche keine Zeit mit dir.«

Zwischen den Hochhäusern beginnt es zu gewittern. Blitze schlagen in das oberste Stockwerk der Handtücher ein, das Hochhaus kracht unter dem Einschlag. Die Menschen verkriechen sich in den Hauseingängen, es schüttet wie aus Kübeln. Der Himmel ist unheilverkündend grün.

Mutter nimmt die Stapel in die Arme und geht aus dem Zimmer. Als sie zurückkommt, hat sie den Koffer mitgebracht. Ein Stapel ist übriggeblieben, der kommt da hinein.

»Den blauen Pulli trage ich«, sage ich.

»Er gehört Jona.«

»Ich darf ihn haben.«

Der Pulli verschwindet im Koffer, und mit resoluter Gebärde zieht sie den Reißverschluß zu. Der Koffer verschwindet auf den Flur.

Mit dem Wegräumen der Hochhäuser ist auch das Gewitter vorbei. Mutter deckt den Tisch, sie hat heute gekocht. Im Backofen steht eine Auflaufform Makkaroni mit Schinken und Ketchup und zerlaufenem Käse. Sie gießt sich selbst ein Glas Wein ein und uns ein klein bißchen Wein mit Wasser. Das hat sie von den Italienern gelernt, sagt sie, die machen das so bei Tisch, so gewöhnt man sich an Wein. Die Kinder brauchen da auch nicht sitzen zu bleiben, bis alle fertig sind. Sie laufen nach Belieben herum und grapschen sich ab und an einen Bissen von einem Teller, aber das geht Mutter zu weit: *Wenn gekocht worden ist, wird getafelt.*

Meistens essen wir ein Butterbrot und eine Banane vor dem Fernseher oder nehmen uns aus den Küchenschränken, worauf wir Appetit haben.

In letzter Zeit ißt Jona nicht mehr, jedenfalls nicht, wenn

wir tafeln. Wenn wir uns selbst überlassen sind, ist es anders, dann röstet er Popcorn aus trockenen Maiskörnern oder kocht Eier oder macht Suppe aus Brennesseln, die er im Garten gepflückt hat. Jona ißt gern, aber wenn wir tafeln, mäkelt er nur. Er findet alles eklig, hat nie Appetit und spielt so lange mit seinem Essen herum, bis Mutter die Teller wütend auf die Spüle knallt und wir den Fernseher einschalten können.

Dann geht sie auf die Veranda und raucht.

»Ich hab Hunger«, sagt Jona, wenn wir im Bett liegen.

Logo, will ich sagen, aber ich weiß ja, daß das nicht hilft. Ich gehe nach unten und mache zwei Zwiebacke mit Erdnußbutter und einen Becher Anismilch. Mutter sitzt am Tisch und liest, sie schaut auf, sagt aber nichts. Wenn Jona fertiggegessen hat, bringe ich den Teller und den Becher in die Küche zurück, spüle sie ab und stelle sie aufs Abtropfgestell.

»Gute Nacht«, sagt sie.

»Gute Nacht«, sage ich.

So läuft das jeden Abend, wenn Mutter gekocht hat.

Jonas Zimmer ist ein Dachraum wie meiner, nur dreimal so groß. Er hat einen Balkon mit Flügeltüren und eine riesige Gaube. Er hat ein Waschbecken mit einem Spiegel darüber wie ich, aber seines ist in einen Schrank eingebaut. Ich glaube, sein Zimmer ist nicht nur dreimal so groß, sondern auch doppelt so hell. Wir sitzen da gern, um Hausaufgaben zu machen, Jona hat einen Schreibtisch. Oft liege ich auf seinem Bett und lese. Jona haßt Buchstaben, er kann nicht gut lesen, also lese ich ihm vor. Aber wenn ich ihn frage, wovon das Buch handelt, das wir gerade gelesen haben, weiß er es nicht mehr. Er hört zwar zu, aber die Wörter hüpfen wie Pingpongbälle in seinem Kopf hin und her, sagt er.

Mutter nennt mich einen Stubenhocker, aber ich schaue oft aus dem Fenster, um die Sterne zu beobachten. Das weiß sie nicht, sie denkt, daß ich dann schlafe.

Jona schläft bei mir im Bett. Mutter will das nicht, aber so haben wir uns das eben überlegt: Mein Zimmer ist für die Nacht. Ich habe das Bett so unter das Fenster geschoben, daß wir immer im Licht schlafen, im Licht des Mondes oder des Orion und des Mars, und wenn wir wach werden, ist der Baum da, der mit seinen obersten Zweigen an das Fenster schlägt, wie trommelnde Finger, und das Licht so filtert, daß der Tag nicht allzu abrupt beginnt.

An geraden Tagen schlafe ich mit dem Kopf auf dem Kissen und Jona mit dem Kopf am Fußende. An ungeraden Tagen ist es umgekehrt. Ich habe ausgerechnet, daß ein Jahr mehr ungerade als gerade Tage hat. Im Dezember ziehen wir Bilanz und teilen die Nächte der letzten Woche auf.

Jonas Zimmer ist für tagsüber, da scheint die Sonne herein.

»Morgen gehe ich fort«, flüstert Jona, als ich wieder ins Bett krieche.

»Du hast gekrümelt«, maule ich.

Wenn wir im Bett liegen, schläft Jona immer sofort ein, als gäbe es keinen einzigen Gedanken mehr, der gedacht werden muß. Ich schlafe als letzter ein und wache als erster auf. Dann liegt er noch genauso da wie am Abend zuvor: auf dem Rücken, die Hände unter der Decke und die Kissenzipfel an die Ohren gedrückt, als habe er Angst, etwas zu hören, was er nicht hören will.

»Findest du's schlimm?« frage ich.

»Ich finde es blöd.«

»Ich auch.«

Wir sind der Meinung, daß Baselitz ein merkwürdiger Mann ist. Mutter sagt, er ist ein Freund, aber das stimmt nicht. Freunde kommen nicht einfach urplötzlich zu einem nach Hause, um deinen Bruder mitzunehmen. Baselitz kam einfach und redete den ganzen Abend mit Mutter am Küchentisch. Später kam er noch einmal »wegen der Geselligkeit«, aber er saß, ohne etwas zu sagen, auf dem Sofa, während wir drei ein Spiel spielten. Wir spielen sonst nie, dachte ich noch, aber ich sah, daß Mutter sah, was ich dachte, und mir war klar, ich sollte nicht laut sagen, daß wir sonst nie spielen.

Noch etwas später machten Jona und ich Ausflüge mit Baselitz und seiner Frau, gingen in den Dünen spazieren und einmal am Strand während eines heftigen Sturms, bei dem einem der Meeresschaum um die Ohren flog. Das war toll. So etwas macht Mutter nicht. Sie mag es nicht, wenn wir an den Strand gehen, Mutter mag keinen Schmutz.

»Tut mir leid. Daß ich gekrümelt hab«, sagt Jona.

Sie sind wie Sandkörner, Jonas Zwiebackkrümel, sie kribbeln zwischen meinen Zehen, dort, wo sein Kopf liegt.

»Du brauchst sie nicht wegzumachen«, will ich sagen, aber die Stimme bleibt mir in der Kehle stecken, weil ich an den Bruder von Geert denken muß.

Jona merkt es nicht. Er schläft.

3

Zwischen unseren Zimmern gibt es einen Hohlraum, zu schmal für einen Alkoven, aber zu tief für den Zufall. Dort bewahren wir unsere Geheimnisse auf, wir glauben, daß Mutter nichts davon weiß. Nur: Ich habe keine Geheimnisse. Ich habe immer den Eindruck, daß Mutter mich völlig durchschaut, noch bevor ich mir ein Geheimnis ausgedacht habe. Ich habe mal etwas in einem Geschäft geklaut und in der Wand versteckt, es war eine Zeitschrift über schnelle Autos, die mich eigentlich nicht interessieren. Den ganzen Nachmittag lang sah Mutter mich mit so einem merkwürdigen Blick an.

»Weißt du alles?« fragte ich auffällig unauffällig.

»Ich weiß nicht alles, aber ich sehe viel«, antwortete sie.

Damit wußte ich noch immer nichts, aber die Zeitschrift habe ich sicherheitshalber in den Altpapierbehälter in der Schule geworfen, zwischen ein paar alte Zeitungen geschoben, so daß es nicht auffiel.

In dem Hohlraum verstecke ich auch manchmal Kekse, die ich aus der Dose gemopst habe. Oder ein Schulheft, in dem ich gekleckst habe, mit einem bösen Vermerk von Herrn Wiebe. Und weil Jona echte Geheimnisse hat, habe ich ein Tagebuch angefangen, in das ich Pläne über das Weltall schreibe und Zeichnungen mache. Ich finde es schwierig, mir ein Geheimnis auszudenken. Etwas, das so groß ist, daß es wirklich schlimm ist, wenn ein anderer dahinterkommt. Außerdem finde ich, cin Geheimnis muß man verstecken können, und bei mir steckt es meistens im Kopf.

Jona hat Geheimnisse, der kann das. Er hat auch keine Angst vor Mutters Blick, er sagt, sie kann nicht durch ihn hindurchschauen, sie sieht nur die Außenseite. Ich denke, er hat recht, mir fällt auf, daß es noch mehr Menschen mit Jona so geht: Sie sehen, was er zeigen will, und sonst nichts. Vielleicht ist mein wirkliches Geheimnis ja, daß ich seine Geheimnisse kenne – das hat Jona mal zu mir gesagt, und ich fand, das war ein schöner Gedanke.

(Lehrer Wiebe findet, daß Mitwisserschaft das gleiche ist wie Schuld. Er sagte das, nachdem ein Junge ein kleines Kind in den Wassergraben geschubst hatte, während andere zuschauten. Wir mußten alle in die Aula kommen, und Herr Wiebe hielt eine Rede über Mitwisserschaft und Schuld. Ich habe darüber nachgedacht. Ich finde nicht, daß Worte immer sehr klar sind. Ich weiß von Jonas Geheimnis, aber deswegen trage ich noch keine Schuld. Jona auch nicht, wenn man mich fragt. Er hat keine schuldhaften Geheimnisse.)

Jona sammelt kleine Tiere, Käfer und Würmer und Spinnen, sogar Blattläuse, die er mit einer Pinzette vom Geißblatt pflückt. Angefangen hat er mit Exkrementen, die er von unseren Spaziergängen durch die Dünen nach Hause mitbrachte: Kaninchenkötel, Möwenfladen, sogar mit Pferdeäpfeln kam er nach Hause, um sie im untersten Teil des Aga-Herds vorsichtig zu trocknen. Man roch es nicht, die Backofentür schließt hermetisch, und wenn die Ausscheidungen getrocknet sind, ist der eklige Geruch verschwunden.

Einmal hatte er ein Gewölle für Kot gehalten, und nach dem Trocknen haben wir nachmittags in seinem Zimmer aus den Resten eine vollständige Maus zusammengesetzt: Schädel und Rückenwirbel, Beinchen, ein Haarbüschel, ein paar Rippen und noch ein paar undefinierbare Knöchelchen, für die wir aber einen Platz im Mäuseskelett fanden.

Nach dem Erfolg mit der restaurierten Maus kam er mit einem halb verwesten Kaninchen nach Hause. Das Tier war auf der Straße angefahren worden, aber weil noch soviel Fleisch an den Knochen saß, begann der Aga diesmal doch zu stinken. Das Kaninchen kam als schwarzverkohlte Zeitung aus dem Ofen, ich habe es unter meinem Hemd nach draußen getragen und irgendwo hinten in den Garten geworfen, wo es weiter verwesen konnte. Dann habe ich Jona gebeten, das nicht noch einmal zu machen: ganze tote Tiere mitzubringen.

Der Aga ist jetzt nicht mehr so hoch eingestellt, diese kleinen Viecher sind so empfindlich, daß sie in der Hitze schnell zerbröseln. Jona trocknet sie sorgfältig – das dauert manchmal bis zu vierundzwanzig Stunden – und legt sie auf Watte in Streichholzschachteln. In dem Hohlraum zwischen unseren Zimmern haben wir Regalbretter aufgehängt, auf denen er seine Sammlung stapelt. Es sieht aus wie die Mauer, in der Großvater liegt, seit er tot ist, und zu der wir zu Pfingsten immer Usambaraveilchen bringen.

Ich weiß nicht, ob es wirklich sein Geheimnis ist, daß er kleine Tiere sammelt. Ich denke, sein wirkliches Geheimnis ist, warum er es tut, und das weiß nicht einmal ich genau. Aber ich bin der einzige, der in die Schachteln schauen darf. Und ich bin der einzige, der sich freut, wenn er einen zweiten Zitronenfalter gefangen hat, den er trocknen kann.

(Herr Wiebe hat noch etwas gesagt: daß Schuld mit Scham zusammenhängt. Die Jungen, die dabeigestanden hatten, sollten sich schämen, sagte er; sie sollten sich sogar in Grund und Boden schämen. Ich schäme mich für nichts. Doch, ich schäme mich, daß mir dort noch keine Haare wachsen, obwohl der Rest immer größer wird, dafür kann man sich in Grund und Boden schämen. Und ich schäme mich, weil ich in der Turnstunde manchmal Schweißflecke kriege, sogar wenn ich kaum gerannt bin. Aber das hat nichts mit Schuld zu tun, scheint mir. Das ist dumme Scham. Dummes Pech. Dummer Körper.)

Als die oberen drei Regalbretter voll waren und wir gerade Pläne geschmiedet hatten, ein viertes anzubringen, kam Mutter auf den Dachboden, etwas, was sie selten tut, außer, sie will hier die *Reinlichkeit* inspizieren. Dann will sie plötzlich wissen, ob wir denn auch saubere Unterhosen anziehen und ob wir freitags, wenn auch das Bettzeug gewechselt werden muß, unter unseren Betten fegen. Mutter hat es mit der Reinlichkeit, ihr gefällt vor allem das Wort, denn sehr konsequent ist sie nicht, ihre Inspektionsrunden sind ziemlich willkürlich.

Jona ist gerade in den Garten gegangen, um kleine Tiere zu fangen. Draußen ist es neblig, dann zeigen sie sich eher, sagt er. Ich liege auf seinem Bett und lese eine spannende

Geschichte, als ich sie, schwer atmend, die Treppe heraufkommen höre. Durch den Spalt der halboffenen Tür sehe ich, daß sie eine Rolle Mülleimerbeutel dabeihat und den Tischlerhammer. Sie schaut nicht bei mir herein, geht gleich in mein Zimmer. Die Geschichte stockt, ich lausche den Geräuschen. Der Schrank wird beiseite geschoben. Die lockere Fußleiste in den Flur geworfen. Mein Bett bekommt einen Stoß. Danach das Krachen von Brettern.

Ich hatte rufen wollen, daß die Öffnung einfach hinter dem Spiegel ist, daß sie wirklich nichts kaputtzumachen braucht. Ich hatte rufen wollen, daß sie die einzige Wand in meinem Zimmer lieber ganz lassen soll, so groß ist es ja nicht. Ich hatte rufen wollen, daß mein Bett auch nichts dafür kann, das jetzt auf der Seite im Gang liegt, und mein Bettzeug unten an der Treppe –

Ich hätte das alles rufen können, aber ich rufe nichts.

Ich hätte sagen können, wie froh Jona über seine Sammlung ist. Daß er alles über kleine Tiere weiß. Daß er es niemandem erzählen wird. Daß wir es unter uns so aufgeteilt haben: er die kleinen Tiere und ich das Weltall. Und daß er sonst gar nichts mehr hat.

Aber ich sage nichts. Ich liege auf dem Bett, starre auf die Buchstaben in dem spannenden Buch und verstehe plötzlich, was Jona meint mit den Wörtern, die sich in Pingpongbälle verwandeln – als Mutter ins Zimmer tritt. Sie wischt sich den Schweiß vom Hals und hält einen Beutel mit Streichholzschachteln in die Höhe.

»Was meinst du, Job, gehört diese Leichensammlung in die Biotonne?«

Nicht lange danach fuhr Baselitz mit seinem Landrover vor und nahm den Koffer mit, den Mutter am Abend zuvor auf dem Flur bereitgestellt hatte. Ich war nicht dabei, es war Montag, und ich mußte in die Schule, mit einem Brief, in dem Jona abgemeldet wurde.

4

Nach einer Woche regen sich Zweifel. Er wird doch wohl wiederkommen? Ist er vielleicht doch ein Affe? Darf er sich Zwieback holen, wenn er Hunger bekommt? Steht sein Bett unter dem Fenster?

Schaut er zu den Sternen hoch?

Er wird sicherlich keine kleinen Tiere sammeln, die Baselitz haben keinen Aga. Außerdem sind sie immer zu Hause: Herr Baselitz hat ein Arbeitszimmer auf der Gartenseite, in dem er ganze Tage lang sitzt und schreibt; er würde Jona sofort bemerken mit seinen Streichholzschachteln und seiner Pinzette. Und Frau Baselitz – ich habe keine Ahnung, was Frau Baselitz macht. Ich weiß, daß sie ihr eigenes Brot backt und daß sie ein Gartenhäuschen hat mit einer Töpferscheibe. Wir haben mal, jeder von uns, einen selbstgetöpferten Milchbecher von ihr bekommen, mit je einem Henkel rechts und links. Als ob wir Kleinkinder wären.

Jona hat nicht die geringste Chance.

Die paar Streichholzschachteln, die ich aus der Biotonne habe retten können, bewahre ich hinter meinem Sonnensystem in einer Plastiktüte auf. Einmal in der Woche, freitags, wenn ich unsere Zimmer saubermache, hole ich sie heraus, um nachzusehen, ob eine Schachtel trotz meiner guten Verpackung feucht geworden ist und ausgetauscht werden muß. Zwei orangerote Nacktschnecken, zwei Würmer, eine Libelle (bei der ein Flügel abgefallen ist), zwei verschrumpelte Zecken und eine Drohne – das ist das Resultat meiner Rettungsaktion. Die Zitronenfalter sind verloren.

Ich ziehe mich in mein Zimmer zurück und studiere den Stand der Sterne. Von meinem ersparten Geld habe ich mir ein ausziehbares Fernrohr gekauft, mit dem ich bei Nacht den Himmel absuche. Ich hatte gehofft, mit Hilfe des starken Objektivs mehr von dem zu begreifen, was ich sehe, aber ich merke, daß ich immer daneben vorbeischauen will, als könnte ich nur dann glauben, was ich sehe. Durch das Teleskop sieht man die Sterne und den Mond zwar größer, aber es scheint, als würde der Himmel dadurch kleiner, als hörte am Rand des Messingrings das gesamte Weltall auf, während mein Auge sehr wohl weiß, daß da noch mehr ist.

In meinem Tagebuch notiere ich den Stand der Sterne und schreibe Wörter daneben wie *Unendlichkeit* und *Brennweite* und *Lichtjahr*, damit ich Jona erzählen kann, worüber ich in der Zeit nachgedacht habe, als er weg war.

Vor dem Schlafengehen schiebe ich das Teleskop zusammen, lege es in die Schachtel mit den chinesischen Zeichen zurück und schiebe es unter das Bett. Das steht wieder unter dem Fenster, nachdem ich es vom Flur in mein Zimmer zurückgeschleppt habe. Ich habe unsere Aufteilung beibehalten: In geraden Nächten schlafe ich mit dem Kopf auf dem Kissen, in ungeraden am Fußende. Aber ich gehe jetzt tagsüber nicht mehr in Jonas Zimmer, um zu lesen.

In letzter Zeit tafeln wir regelmäßig. Mutter steht in der Küche und kocht Eintopf mit Wurst, sie kocht Tomatensuppe und macht Grießpudding mit Johannisbeersoße aus der Packung. Ich finde Tafeln nicht schlimm, ich finde, sie kocht ganz lecker, wenngleich Tafeln ohne Jona ungesellig ist.

»Wie war's heute in der Schule?«

Es ist mir schon häufiger aufgefallen, daß Erwachsene nach der Schule fragen, wenn sie eigentlich etwas anderes meinen.

»Okay«, sage ich. Meistens ist es ja okay in der Schule.

»Noch was Nettes gemacht?«

»Mmmm.« Ich habe den Mund voll Grießbrei, und wir sprechen nicht mit vollem Mund, wenn wir tafeln.

»Job«, Mutter legt ihr Besteck auf den Tisch und sieht mich an, »ich finde wirklich, daß wir mehr miteinander reden müssen. Ich möchte, daß wir die Ruhe im Haus dazu nutzen, um miteinander zu reden.«

Was für ein umständlicher Satz. »Also deswegen ist Jona weg«, sage ich.

»Nein«, sagt sie, es klingt wie ein langgedehnter Seufzer, in den versehentlich ein Wort geraten ist. Ich blicke auf, um zu sehen, was sie eigentlich meint, aber sie hat ihr Besteck bereits wieder ergriffen und ißt weiter.

Ist Jona denn so unruhig? Reden sie so viel miteinander? Ich traue mich nicht, es zu sagen. Ich weiß, daß Mutter oft über seine Späße lachen muß. Und daß sie meist zuhört, wenn er etwas sagt. Jona sagt nie besonders viel, vielleicht deswegen.

Als wir beim Abwaschen sind, fragt sie: »Warum schlaft ihr eigentlich zusammen?«

Das scheint auch zum Tafeln zu gehören: Abwaschen. Wenn Mutter nicht kocht und wir uns selbst Eier braten, kann alles in den Geschirrspüler, doch Tafeln und Abwaschen sind unlöslich miteinander verbunden.

Wie Reden und Abwaschen, fällt mir plötzlich ein.

Warum schlafen wir zusammen. Warum fragt sie nicht, warum wir zusammen lesen (weil Jona Pingpongbälle in seinem Kopf hat) oder warum wir zusammen in die Dünen gehen (weil ich den Weg nicht weiß) oder warum wir zusammen zur Schule gehen (weil Alleingehen langweilig ist). Darum schlafen wir zusammen, aber wie sagt man das?

»Einfach so«, sage ich und lege das Geschirrtuch über die Heizung. »Kann ich jetzt rauf?«

Als ich die Treppen zum Dachgeschoß hinaufgehe, fühlen sich meine Beine auf einmal ganz schwer an. Wenn man genau weiß, daß etwas vorbeigeht, dann geht es auch vorbei. Wie zum Beispiel die Segelfreizeit diesen Sommer, für die Mutter uns angemeldet hatte und die genau sechs Nächte dauerte. Dann fliegt die Zeit nur so. Oder wie bei unserem Zahnarzt, der an der Decke über dem Behandlungsstuhl eine große Uhr aufgehängt hat, die einem von vornherein sagt, nach wie vielen Minuten man wieder weg darf. Aber wenn man nicht weiß, ob etwas vorbeigeht, oder nicht weiß, wann es vorbei sein wird, dann hängt einem die Zeit wie eine bleierne Scheibe an den Gliedern, und jeder Tag ist wieder eine neue Scheibe.

In ein paar Monaten, denke ich, werde ich wahrscheinlich an »als Jona noch da war« denken und an »danach«. Dann wird »danach« vielleicht genauso normal, wie es früher war.

Und mit diesem Gedanken spüre ich, wie sich, *klack*, wieder eine Scheibe um meine Fußknöchel schiebt.

Am letzten Wochenende, an dem Jona noch da war (das Wochenende, bevor Mutter es uns sagte, bevor alles anders wurde, auch wenn noch nichts passiert war), nahm er mich mit in die Dünen. Meist beschließen wir so etwas gemeinsam, in die Dünen gehen oder schwimmen gehen, und meist sind wir einer Meinung. Diesmal jedoch muß er mich überreden, ich wäre lieber zu Hause geblieben, wenngleich ich jetzt nicht mehr weiß, warum. Es war ein herrlicher Tag, das weiß ich noch, um die Tümpel in den Dünen hing Dunst, und das Salz in der Luft war milder, als hätte der Seewind Mühe, es zum Land zu tragen. Morgens hatte die Sonne jedoch noch wenig Kraft, und wir zogen unsere Dufflecoats an.

Jona führt uns zu einer Düne fernab der Spazierwege. Das ist nicht ungewöhnlich, er kennt das Gebiet, er wird auch nie irgendwohin gehen, wo wir Pflanzen oder Tiere stören. Die Brutzeit hat noch nicht begonnen, sagt er, jetzt ist die Sicheldüne noch erreichbar. In der Ferne sehe ich hoch aufgewehten Sand, der sich in Halbkreisen vom Seewind landeinwärts hat tragen lassen. Jona zeigt mir, wo die weiße Parnassia wächst; im sumpfigen Tal zeigt er mir den Tümpel, wo bald kleine Frösche wie Fischchen auf dem Trockenen herumhüpfen werden. Als wir oben stehen, sehe ich in der Ferne das Meer, das sich wie ein einziger großer Körper zu heben und zu senken scheint, so ruhig und massiv ist die Dünung. Jetzt muß Flut sein, der Strand ist schmal.

In unseren Rucksack haben wir eine Wasserflasche und Butterbrote gesteckt und ein Buch, das wir an einer geschützten Stelle lesen können. Sogar ein Handtuch haben wir mitgenommen, für den Fall, daß wir durchs Wasser waten wollen, obgleich ich glaube, daß es jetzt, am Ende des Winters, viel zu kalt ist.

Ich frage, ob ich vorlesen soll, die Sonne steht hoch genug, um die Mulde in den Dünen zu erwärmen, in der wir uns niedergelassen haben.

»Lies du«, sagt er, »ich schau mich um.«

Die andere Seite der Düne, die Nordseite, ist dicht mit Sanddorn bewachsen. Dorthin sehe ich ihn kurz darauf gehen, das Taschenmesser gezückt, um Zweige wegzuschneiden und sich einen Weg durch die untersten Schichten der Vegetation zu bahnen. In dem gleichen trägen Tempo, mit dem die Sonne höher steigt, sehe ich Jona kleiner werden, hinter einer Düne verschwinden, zwischen den Sträuchern auftauchen – er dreht sich um und winkt – und wieder im spröden Gestrüpp versinken. Ich schaue und warte, aber diesmal taucht er nicht mehr auf. Nachdem ich fünf Minuten Ausschau gehalten habe, nehme ich das Buch, drehe mich auf den Bauch und beginne zu lesen: eine Geschichte aus einer lange zurückliegenden Zeit, als es noch Ritter gab.

Sie spielt in zwei Königreichen: dem Land von König Dagonaut östlich des Großen Gebirges und dem Land von König Unauwen westlich des Großen Gebirges. Es ist auch die Rede von einem anderen Land, aber darüber gibt es jetzt noch nichts zu erzählen. Und während das große Gebirge jenseits der Düne auftaucht und der junge Held mit einem Brief für den König in vollem Galopp den Weg entlangreitet, geht aus den Staubwolken der Pferdehufe Orion auf, groß wie eine Sonne und klar wie bei Nacht, und hält inne über dem spiegelglatten Meer. Als das Geräusch der Pferdehufe verstummt, stehe ich auf. Orion steht unverrückbar über dem

Wasser. Daumen und Zeigefinger wie einen Zirkel vor dem Gesicht, messe ich die Entfernung zwischen dem Stern und der Wasseroberfläche und zwischen dem Stern und mir; ich will den Raum in dem Dreieck bestimmen, den Orion gebildet hat. Da erscheint mein Bruder, er sitzt rittlings auf dem Rücken eines Lichtbündels, das wie ein Komet davonschießt und den Himmel durchbricht, als wäre er Reispapier, und entschwindet ins dritte Land.

Kalt und klamm krieche ich aus meinem Traum und merke, daß Jona noch immer nicht zurückgekommen ist. Er kennt das Gebiet wie seine Westentasche, denke ich, während ich die Sachen zusammenraffe und in den Rucksack stopfe, dem passiert schon nichts. Aber ich beschließe trotzdem, seiner Spur zu folgen, soweit der auffrischende Wind sie intakt gelassen hat, und nicht auf direktem Wege nach Hause zu gehen.

Ich sehe mich schon ohne Jona nach Hause kommen. Mutter bringt mich um.

Die Luft ist wieder kalt, der Nachmittag ist noch nicht halb vorbei, aber für die Sonne ist der Tag schon herum. Drei Dünen lang kann ich Jonas Spur folgen, ich weiß jetzt, daß er in Richtung Meer gegangen ist, einen Weg gewählt hat, den wahrscheinlich nur die Hasen kennen. Auf halber Strecke bleibe ich hoffnungslos im dornigen Gestrüpp stekken – so geht es nicht, und von Jona weit und breit keine Spur.

Und während ich den Weg zurück nach Hause suche und nach langem Zögern einen wähle, der mir bekannt erscheint, überkommt mich ein Gefühl des Wiedererkennens: wie ich hier im tiefstehenden Licht gehe, das mir vom Meer her auf den Rücken scheint, der lange Schatten, der sich vor mir erstreckt, und der Himmel hinter mir, der sich färbt wie ein gerade entstehendes Gemälde; daß ich das schon einmal erlebt habe, vielleicht sogar, daß ich es noch sehr oft erleben werde. Und obgleich mir klar ist, daß dieser Moment zwar jetzt in der Zeit ist, vermittelt er mir doch einen Eindruck davon, wie ich hier gehen werde – im nächsten Jahr, in zehn, in zwanzig Jahren: in diesem Licht, mit diesem Schatten, mit diesen wäßrig werdenden Farben ringsum. Wie eine Erinnerung an etwas, das erst noch eintreten wird. Doch während ich nach Worten suche, um zu behalten, was genau ich meine, damit ich es Jona erzählen kann, verschwindet das Bild aus meinem Kopf, und ich spüre die Kilometer in meinen Füßen brennen: *3,8 ▶ Dorf*, lese ich auf dem pilzförmigen Wegweiser.

Noch bevor ich die Gartenpforte aufstoße, weiß ich, daß Jona auf der alten Pferdedecke unter dem Apfelbaum sitzen wird. Böse trete ich gegen die Pforte, und jawohl, da sitzt er. Er hat sich mit lauter Schalen umgeben: Schwertmuscheln, blaue Muscheln, rosa Fingernägel, zerbrechlicher Schulp, eine Handvoll Wellhörner. Im Gras steht ein Eimer mit Wasser, daneben eine Nagelbürste. Er schaut auf, als er das Quietschen der Türangeln hört, und lächelt. Ich lächle zurück, obwohl ich am liebsten losheulen würde.

»Machst du das bitte nie wieder?« sage ich und will barsch klingen.

Jona antwortet nicht, er zupft am Schließmuskel einer Muschel herum.

»Gehst du bitte nie wieder einfach weg?«

Jona wendet sich von mir ab und taucht die Muschel ins

Wasser. »Ich bin nicht weggegangen. Es war zu spät, um zurückzugehen, das ist alles.«

Ganz oben an seiner Schulter, knapp unterhalb der Haargrenze und knapp oberhalb seines T-Shirts, sehe ich einen kleinen schwarzen Punkt in einem roten Kreis.

»Wart mal«, sage ich und gehe in den Hauswirtschaftsraum, um aus dem Verbandskasten Äther und einen Wattebausch zu holen. Vorsichtig drehe ich die Zecke aus seiner Haut. Jona betrachtet das kleine Tier, das zappelnd auf einem nassen Bett aus weißer Watte liegt. Seine Beinchen sind zu sehen, der kleine Kopf, ein Tropfen von Jonas Blut färbt die Watte unter der Zecke rot.

Aus dem Rucksack nehme ich eine leere Streichholzschachtel.

»Die andere steckt in meinem Knie«, sage ich und zeige ihm den schwarzen Punkt, der seit dem Mittag in meiner Kniekehle juckt.

Als wir abends im Bett liegen, will ich ihm von dem Streiflicht an diesem Nachmittag erzählen und von dem langen Schatten, der vor mir herlief, als ich auf dem Weg nach Hause war. Und ich will von dem Horizont erzählen, der ein Strich geworden war, dort, wo die Erde in das Weltall überging, und von dem Reispapierhimmel, durch den er nach Anderland verschwand. Und ich will sagen: Komm bitte nie wieder *nicht* zurück, Jona! Denn Weggehen dauert nur ganz kurz, aber Nicht-Zurückkommen ist für immer.

Aber Jona schläft. Und als ich am nächsten Morgen aufwache, ist alles wieder vergessen.

5

Das Haus der Baselitz liegt nicht weit von unserem entfernt, näher am Meer, weiter weg von den Menschen. Man kann auf zweierlei Wegen dorthin gelangen, auf der Straße oder durch die Dünen, von der Zeit her macht es kaum einen Unterschied. Mißt man die Luftlinie, ist der Dünenweg kürzer, aber er ist nicht mehr als ein Trampelpfad im Strandhafer, im Dunkeln kommt man leicht von ihm ab. Am liebsten gehe ich über die Straße, eine schmale Allee, die sich mit dem einzigen Ziel durch das Gebiet schlängelt, die Häuser miteinander und mit dem Ortskern zu verbinden, wohin niemand gern geht. Es gibt kaum Verkehr. Morgens fahren die Autos aus den Einfahrten hinaus, abends kommen sie wieder zurück, und das war's dann.

Ich gehe gern bei Dämmerung spazieren, wenn die Menschen sich zurückgezogen haben, wenn die Nachtigall einen Versuch wagt und die ersten Rauchwolken aus den Schornsteinen aufsteigen. Es scheint so, als sei es abends immer klar in den Dünen, und wahrscheinlich ist das auch so. Die Wolken bekommen dort nicht die Chance, lange hängenzubleiben.

Manchmal riecht man Feuer und Grillfleisch und sieht Leute auf den Rasenflächen rund um die Villen herumstehen und trinken: Dann weiß man, es ist Frühling geworden. Dann sieht man die Nachbarin im Morgenmantel an der Buchenhecke ein Schwätzchen mit dem Gärtner von nebenan halten; dann leiht man sich gegenseitig die Kettensäge, um den Baum kleinzukriegen, der bei einem Herbststurm lästigerweise über die Grundstücksgrenze gefallen ist. Das sind vereinzelte Fälle. In unserem Dorf verbirgt man sich lieber voreinander. Abends bleiben die Vorhänge offen, doch die Bewohner scheinen sich dessen nicht bewußt, als wäre die Außenwelt ein riesiger Fernseher, der Bilder ohne jede Bedeutung ausstrahlt.

Wir beugen uns nie über die Hecke. Die Jungs von links blasen Frösche auf, die sie im Moor gefangen haben, die alten Leute rechts riechen nach Salbe und nach WC-Ente, sogar noch im Garten. Außerdem hat Mutter Freunde in der Stadt, und wir wollen keine Freunde.

Nein, der eigentliche Grund, weshalb ich lieber über die Straße gehe als über den Dünenweg, ist der Himmel, den ich dann, den Norden im Rücken, betrachten kann. Im Herbst würde ich das gleiche tun, nur in umgekehrter Richtung – falls das möglich wäre. Zwischen den Polen meines linken und meines rechten Auges halten sich die Tiere auf: Luchs und Giraffe, wenn ich den Kopf in den Nacken lege, Einhorn, Hase und Großer Hund im Süden und mein Liebling, die Wasserschlange, fast genau vor mir, langgestreckt sich in die Höhe windend, bis sie mit ihrem hinterhältigen Kopf beim Krebs ist. Wenn ich mich nach ihnen richte, brauche ich eigentlich nicht mehr auf meine Füße zu schauen, sie folgen der Spur wie von selbst.

Der Himmel gibt mir die Orientierung, die mir die Häuser vorenthalten. Ich schaue zum schwarzen Himmel und zähle meine Schritte auf dem Asphalt, tausendmal, bis ich beim letzten Haus vor der hohen Düne mit dem hölzernen Ausguck ankomme, in dem ich mich niederlasse.

Mutter sagt, daß Jona wie der Storch ist, der auf der anderen Seite des Wassergrabens nistet: Jedes Jahr zieht er in warme Länder, und jedes Jahr kehrt er ins Nest zurück: *Es gibt kein heimatverbundeneres Tier als den Storch!*

»Störche sind aber doch immer zu zweit, oder?« frage ich.

Sie findet, daß ich mir keine Gedanken machen soll. Sie streichelt meinen Handrücken: »Er ist weg, aber er ist nicht verschwunden.«

Nein, verschwunden ist er nicht. Er ist sogar näher denn je, wenn ich durch das Objektiv meines Fernrohrs zum Haus der Baselitz schaue: auf das gelbliche Wohnzimmer, in dem eine Schirmlampe über dem Lesesessel im Erker brennt; vorbei an den Glasschiebetüren auf den Eßtisch, auf dem oft noch Reste des Abendessens stehen. Jona ißt dort seinen Teller leer, sehe ich, er braucht bestimmt keinen Zwieback mehr oder warme Milch.

Selten sehe ich Bewegung im Haus. Gut möglich, daß Frau B. in der Küche weiß der Himmel wie herumhantiert mit Hefe und Kleie für den Brotteig von morgen, während Baselitz sich nach dem Essen in sein Arbeitszimmer zurückzieht, um zu rauchen und Freunde anzurufen oder sich etwas zu notieren. Manchmal sehe ich durch das Bleiglasfenster in der Diele, wie Jona herunterkommt, um pinkeln zu gehen, oder ich sehe seine Silhouette hinter den dichten Tüllgardinen im ersten Stock, wenn er sich den Schlafanzug anzieht. Er scheint dort früher in sein Zimmer zu gehen als zu Hause.

Sein Zimmer – so schnell geht das also.

Ich kann ihn besser sehen, aber er ist weiter entfernt als je zuvor.

»Warum bist du mein Bruder?«

»Weil ich kein Mädchen bin.«

»Falsch.«

»Weil wir uns ähnlich sehen.«

»Falsch.«

»Weil wir dieselbe Mutter haben.«

»Falsch.«

»Das ist nicht falsch!«

»Weil ich dein Bruder bin. Das ist die richtige Antwort.«

»Oh.« Jona dreht sich um. »So eine blöde Antwort.«

Danach ist es still.

»Noch ein Rätsel?«

Es bleibt still, Jona schläft.

Durch das offene Fenster höre ich auf dem Innenhof gedämpfte Stimmen und dazwischen trunkenes Gelächter und lautes Zischen: *Pssst, die Jungen.*

Wann lernt sie bloß, daß sie nicht leise zu sein braucht, wenn wir im Bett liegen? Jona schläft trotzdem, und ich schlafe sowieso nicht. Ich lausche. Ich lausche dem Klopfen meines Herzens, dem Klopfen seines Herzens in seinem Fuß. Ich traue der Sache nicht. Ich taste nach der Dynamotaschenlampe, die gibt so wenig Licht, daß sie es draußen nicht sehen werden. Jonas Fuß liegt hoch auf einem Kissen, dick verbunden. Ich spüre, wie neben meinem Ohr die Hitze aus dem Verband quillt, durch den Mull hindurch sehe ich das mühsame Pumpen des Blutes. Seine Zehen sind noch nicht schwarz, auch das sehe ich.

Hans erzählte beim Grillen von Wundbrand, einer Krankheit, die wie ein Schatten über die Gliedmaßen zieht und zum Tod führt. Es gibt feuchten und trockenen Brand, der feuchte stinkt nach Fäulnis.

Aber man kann die Zehen abhacken, dann hört er auf.

»Kann man denn ohne Zehen gehen?« fragte Jona.

Wir probierten es. Mit Klebeband umwickelten wir unsere Füße, zuerst banden wir die Zehen zusammen und klebten sie dann nach unten gebogen fest wie bei kleinen Chinesinnen. Es fühlte sich an wie Sackhüpfen ohne Sack.

»Ja, Jona. Man kann ohne Zehen gehen.«

Ganz traue ich der Sache nicht. Hans hat zwar gelacht, aber vor dem Schlafengehen hat er Jonas Fuß neu versorgt und verbunden und sich die Zehen gründlich angesehen. Hans hat Weltreisen gemacht, er weiß also, wovon er spricht – aber Hans ist kein Arzt, er spielt auch Theater.

»Hier bekommt man keinen Brand«, sagte er, »das ist eine Tropenkrankheit.«

Aber es ist die ganze Woche über sehr heiß gewesen, und abends kühlt es kaum ab, auch wenn die Sonne schon seit Stunden untergegangen ist.

»Wo fangen die Tropen denn an?«

»Am Äquator«, sagte Hans, »oder eigentlich unterhalb des Wendekreises des Krebses.«

Der ist, auf dem Atlas, nur wenige Zentimeter von uns entfernt.

»Also eigentlich sind dies hier die Subtropen?« fragte ich.

Er strich mir über den Kopf, als wäre ich ein Kind, und grinste. »Demnächst beginnt die Sahara in Belgien.«

Ist sich selbst zu verletzen auch eine Form des Verschwindens? Jona war tatsächlich *weg*, nachdem er sich das Hackebeil in den Fuß geschlagen hatte. Und nicht nur er, alle schienen auf einmal verschwunden, das ganze Fest aufgelöst im Schatten des Oleanders, unter dem Jonas mit Zweigen und Treibholz herumhantiert hatte: Mutter, die sich in einer hysterischen Stille auflöste; Hans, der sich als Tropenarzt gebärdete; und Jona selbst, zusammengeschnurrt auf eine klaffende Wunde … Und ich, ich verschwand mit, weil ich nicht wußte, was ich sonst tun sollte, weil ich fragte, ob ich einen Arzt anrufen sollte, und niemand mir antwortete. Weil es kein Telefon gab. Weil ich wußte, daß kein Arzt würde kommen können.

Und auch die Zeit war plötzlich weg – der Nachmittag am Strand, der, wäre dieser Augenblick nicht eingetreten, so beruhigend schien, weil er einer von vielen geworden wäre, eine austauschbare Erinnerung an das, was später höchst vergnüglich *jene Tage am Strand* heißen würde. Und auch die Zeit, die erst noch gekommen wäre: die Fische auf dem Grill, der Abendhimmel, das Feuer.

Das warme, warme Wetter. Schwimmen im Meer. Violette Quallen in einem Eimer. Die Flut.

Vielleicht kam dadurch, weil am Ende des Tages nichts mehr so war wie vorher, ein Ereignis jenes Nachmittags an die Oberfläche, das, hätte Jona sich nicht verletzt, zweifellos wirklich aus meinem Gedächtnis verschwunden wäre; ein Ereignis wie ein Traum, bei dem man nicht mehr weiß, was man wirklich geträumt hat und was man selbst ergänzt hat, nachdem man aufgewacht ist und das Erinnern eingesetzt hat.

So sahen wir Mutter an jenem Nachmittag dastehen, bis über dem Nabel im blendend blauen Meer. Es ist heiß, wie es an allen Tagen in dieser Gegend heiß ist, in der wir uns für den Sommer niedergelassen haben. Alle Gäste sind an den Strand mitgekommen: Freunde von Mutter, Durchreisende, Theaterleute, die in wechselnder Zusammensetzung den Sommer mit uns in dem halbverlassenen Anwesen verbringen, das wir für viel Geld gemietet haben. Sogar eine Kühlbox ist dabei, im letzten Moment in einem verlassenen Keller aufgestöbert und von Spinnen und Schimmel befreit, um Weißwein und Cola aufzunehmen.

Mutter steht in ihrem roten Badeanzug mit den grünen Blumen im Meer. Durch den trägen Wellenschlag wirken ihre Brüste größer als sonst, wie sich wölbende Quallen, die auf dem Wasser um sie herumschwimmen. Sie hebt die Arme in die Höhe und lacht uns zu, geht rücklings ins Meer, das ruhig und leise rauscht. Und währenddessen streifen Jona und ich durch die Mündung eines kalten Bergflusses und suchen Muscheln, eine neue, nebenbei laufende Sammlung von Jona, weil Strandtierchen, so hat die Erfahrung gelehrt, in jedem Zustand – tot, lebendig, getrocknet, im Wasser, egal wie – nach Fisch stinken. Von Zeit zu Zeit schauen wir auf und sehen unsere rot-grüne Mutter immer kleiner werden, die Arme noch immer in die Höhe gestreckt, als habe sie Angst, sich die Hände naß zu machen, und weiter weg, am Strand: Hans, Elmer, die schwangere Simone, Marleen-mit-dem-dicken-Hintern –

Und so ist der Nachmittag eingerahmt wie eine träge Strandszene mit mehr oder weniger vertrauten Gestalten am Strand und im Wasser, die im Sand pusseln und Wein trinken und durchs Wasser waten und Hitze abstrahlen, Gestalten, deren Farben in der grellen Sonne bleichen, deren

Geräusche im unentwegten Rauschen der Brandung untergehen.

Dann stellt sich eine zweite Szene ein, genauso träge und still unter dem wolkenlosen Himmel, aber anders, unsagbar anders als das Bild vom Augenblick zuvor: als ich aufschaue und den rot-grünen Fleck nicht mehr sehe und auch die Hände nicht, die wie weiße Fähnchen auf einem Holzschuh darüber flatterten. Und ich sehe Simone und Marleen wie gestrandete Krabben in der Sonne schlafen und Hans, zunächst unauffindbar, an einer fernen Sandbank auftauchen, mit der Hand über den Augen über das Wasser spähend, in dem Mutter gerade noch mit dem Rücken zum Meer gestanden hatte. Behutsam geht er weiter ins Wasser hinein, in einem fort links und rechts die Ferne mit seinem Blick abtastend, bis er sich hineinwirft und ich ihn kraulend die Brandung durchqueren sehe, während die Wellen (die, als Mutter noch stand, so beruhigend wogten) mit einer mächtigen Bewegung seinen ganzen Körper aufzunehmen, zu verschlingen und wieder an der Oberfläche auszuspucken scheinen –

Danach sind wir wieder am Strand, und die Sonne legt grelle Streifen über das Wasser. Wir sitzen auf dem karierten Picknickhandtuch im Kreis um die Kühlbox. Mutter trinkt ein großes Glas Weißwein und raucht eine Zigarette, die wegen des Salzes in ihrer Nase offenbar eklig schmeckt; ich blicke auf Hans' Gesicht, das merkwürdig zuckt, während er die Augen nicht von ihr lassen kann; zu Simone und Marleen-mit-dem-dicken-Hintern, die zur Abwechslung mal den Mund halten; zu Jona, der den Fang dieses Tages zeigt und unentwegt von Muscheln und Tierchen und Tang im Eimer erzählt – und der ganze Nachmittag erinnert mich an eines dieser Kinderrätsel mit zwei scheinbar identischen Bildern, zwischen denen in fetten Blockbuchstaben geschrieben steht: UMRANDE DIE ZEHN UNTERSCHIEDE.

6

Beim ersten Mal, als wir eine Probe miterlebten, hatte man die Kellerräume des Lastage geflutet als Kulisse für ein hochmodernes Theaterstück. Mutter erschien es spektakulär, uns zwischen umhertreibendem Styropor und ertrunkenen Requisiten in die Theaterwelt einzuführen. Viel weiß ich nicht mehr davon, außer daß Jona und ich in einem kalten Keller auf einem Ballen klammer Gardinen eine große Chipstüte leer aßen, während die Spieler in Regencapes und hüfthohen Schaftstiefeln durch das Wasser wateten. Auf dem Nachhauseweg mußte ich mich auf der Rückbank von Mutters Auto übergeben, das weiß ich noch gut. Sie sagte, das sei das letzte Mal gewesen, daß wir zu einer Probe mitdurften, aber schon damals waren wir der Meinung, daß es nicht an uns lag, sondern an den Chips.

Mutter scheint sich auch daran zu erinnern, sie hat Butterbrote geschmiert wie für ein Waisenhaus. Sie hat sich schön gemacht, die Haare hängen ihr voll und dunkel über die Schultern. Sie hat sich die Lippen geschminkt und trägt die Art von Kleidung, die sie normalerweise nur trägt, wenn sie arbeiten geht, und von der wir sonst, mit Popcorn vor den Fernseher verbannt, nicht mehr als einen kurzen Blick erhaschen.

Es ist ungewohnt, sie in ihrem eleganten Mantel und auf Stöckelschuhen zu sehen. Als gehörte es sich nicht, so neben ihr aus dem Haus zu gehen. Als gehörte ich nicht dazu.

Mutter sieht meinen Blick. »Es gibt ein Innenleben und

ein Außenleben, Job, die darfst du nicht miteinander verwechseln«, sagt sie, als wir ins Auto steigen.

Aber gleich danach legt sie sich den Sicherheitsgurt so entschlossen um, daß ich kurz aufschrecke: Habe ich etwas Falsches gesagt? Oder falsch geguckt?

Natürlich gibt es ein Innen- und ein Außenleben, das weiß ich selbst, wenngleich ich keine Ahnung habe, was genau sie damit meint. Wenn mich etwas verwirrt, so ist es die Entschiedenheit solcher Äußerungen – als nagelte sie mit Sperrholz ein Fenster zu, durch das ich gerade hinausschaue.

Sie startet den Motor: »Darum habe ich beschlossen, daß du alt genug bist, auch die andere Seite von mir kennenzulernen.«

»Wieso darum?«

»Wie ich es sage: Du bist jetzt alt genug, den Unterschied zu sehen.«

»Zwischen was?«

Mutter seufzt. Ich seufze auch: Wie will sie denn *mehr miteinander reden*, wenn sie bei meinen Fragen immer nur seufzt. Ich seh mir ihr Innenleben ja gern an oder ihre Außenwelt, die Außenseite – mir ist alles recht –, aber ich weiß nicht, worauf sie hinauswill.

Was hat Unterschied übrigens mit Alter zu tun? Und warum haben wir Jona nicht abgeholt? Er ist doch genauso alt wie ich, oder?

Ich frage nicht weiter, aus dem Trommeln ihrer Finger auf dem Lenkrad schließe ich, daß sie nur noch mehr seufzen würde, wenn ich jetzt noch etwas sagte. Außerdem: Der Weg in die Stadt gefällt mir. Es ist schön, hinauszugucken, während es langsam dunkel wird.

(Im Gegenlicht des Fensters sehe ich sie plötzlich dastehen. Sie ist barfuß aus dem Badezimmer gekommen, hat das Badetuch aufs Bett geworfen und zündet sich eine Zigarette an. Ich habe sie nicht kommen hören. Sie ging so leise, und ich saß so leise hinter dem großen Lesesessel und schaute nach draußen, daß wir einander nicht bemerkt haben – und jetzt kann ich nicht mehr weg. Das Handtuch, das sie um ihr nasses Haar gewickelt hat, schüttelt sie ab. Ich schließe die Augen und öffne sie wieder: eine Meerjungfrau ohne Schuppen, aus Marmor, aus Porzellan. Ihre Beine sehe ich nicht, aber die Wirbelsäule, die von der kleinen Mulde unten an ihrem Rücken wie ein lebendiges Wesen hochkriecht. Als sie sich umdreht, halte ich den Atem an. Auf Nacktheit steht in diesem Haus die Todesstrafe, genauso wie auf Belauern und Anschleichen. Sie erschrickt nicht, als sie mich bemerkt. Sie fragt nicht, was ich hinter dem Sessel mache. Sie sagt: *Setz dich*, und zeigt mit der Hand, in der sie die Zigarette hält, auf die Sitzfläche des Sessels, hinter dem ich mich verstecke.

Ich setze mich.

Sie geht zur Kommode, schenkt sich ein Glas Wein ein und stellt sich vor mich. Ich kann das Badesalz riechen und den süßen Duft ihres Körpers. Ich sehe, wie sich die Härchen auf ihrem Bauch aufrichten, und halte den Blick starr in Nabelhöhe, um bloß nicht höher oder tiefer schauen zu müssen.

»Schau«, sagt sie ruhig, und ich schaue ihr in die Augen.

»*Schau!*«

Ich höre, daß es ihr ernst ist. Ich schaue.

Und während ich sehe, was ich nicht sehen will, fühle

ich mich beobachtet: beobachtet von hundert Augenpaaren auf der Kommode, Augen, die mich nicht vorwurfsvoll, sondern mitleidig anstarren, mich mit Scham erfüllen, weil mein Schauen unverhüllter ist als Mutters Nacktheit. Und ich denke an den frischen Thunfisch, den Jona neulich vom Fischhändler bekommen hat, an das rosa Fleisch, das zurückfederte, wenn man einen Finger hineindrückte, helles und dunkles Fischfleisch, je nachdem, ob die Haut abgezogen war oder nicht. Und das Auge, das eine Auge, das herausgefallen ist, während das andere dich hohl anstarrt, egal, wie du schaust.

Aus der Kommodenschublade nimmt Mutter ein schimmerndes Unterkleid und aus dem Schrank ein blaues Kostüm, das sie auf dem Bett ausbreitet. Dann: Strumpfhosen. Schuhe mit hohen Absätzen. Eine Flasche Bodylotion. Slip ohne Hinterteil. Fön.

Der dunkelrosa Fisch verwandelt sich in eine schwarze schlüpfrige Frau, als sie ihr Unterkleid angezogen hat. Sie setzt sich an die Kommode und trocknet sich die Haare. Sie legt Make-up auf und sucht Schmuck aus dem Kästchen aus. Als alles getan ist, zieht sie bedächtig das blaue Kostüm an, wobei ihr Blick abwechselnd auf den Spiegel und auf mich gerichtet ist.

Dann ist es vorbei. Ohne ein Wort zu sagen, geht sie aus dem Zimmer und zieht die Tür hinter sich zu. Durch das Fenster sehe ich sie kurz darauf über den Gartenweg gehen, wie ein Chamäleon die Farbe wechselnd im Licht der Straßenlaterne, in die Welt verschwindend, die ihr vertrauter ist als das Zuhause.

Als ich Jona suche, um ihm zu erzählen, was passiert ist, ist er unauffindbar. Später sehe ich ihn im Garten in der Dunkelheit stehen. Er spielt Vogelscheuche, reglos, auf einem Bein.)

Wir bahnen uns einen Weg durch den herumfliegenden Müll zum dunklen Lagerhaus, das etwas zurückgesetzt am Kai liegt. In seinen frühesten Tagen hat es als Tabaktrocknerei gedient; Säcke mit Kakao haben in ihm gelagert, Lumpen, untergetauchte Leute im Krieg. In seinen traurigsten Tagen diente es als Lager für das überschüssige Mobiliar einer großen Hotelkette, bis Gradus Waterdrager, der Gründer, Direktor und *große Regisseur* des Lastage-Theaters beschloß, es einer Briefkastenfirma abzukaufen, hinter der, wie sich herausstellte, ein Typ aus der Unterwelt steckte, der sich im Hinterhaus sein Hasch verschneiden ließ.

Mutter öffnet die schwere Eisentür. Der Geruch von Rost ist stark, der von Feuchtigkeit auch und von Schimmel. Ob das Wasser immer noch nicht abgelaufen ist? Der lange, schmale Gang führt uns tief in das Lagerhaus. Es ist dunkel, das Licht ist so eingestellt, daß es nach zehn Sekunden ausgeht, obwohl wir noch nicht mal den halben Weg zurückgelegt haben. Am Ende des Gangs taucht das Licht des Hinterhauses auf – der Ort, an dem geprobt wird, wo in aller Eile Kostüme ausgebessert und Texte umgeschrieben werden, bevor die Schauspieler über die hohe Treppe nach vorn gehen, dorthin, wo sich der Saal befindet, die Gerüste für Licht und Ton, wo der letzte Spiegel hängt, bevor sich der Vorhang öffnet.

Meine Finger, die in der Finsternis an der Kalkwand entlangstreichen, spüren, was nervöse Nägel eingeritzt haben; das erstorbene Echo hastiger Schritte ertönt, ich rieche alten Schweiß und die letzte Zigarette. Aus der Tiefe des Hinterhauses höre ich Gradus donnernd schimpfen: *Das taugt überhaupt nichts, verdammt noch mal!* Die jungen Mädchen vom Kostümatelier stechen sich in die Finger; der erschöpfte Schauspieler schluchzt los; die Jungs von der Technik flüchten auf den Balkon, um außer Hörweite eine Zigarette zu rauchen …

Dies ist die Welt, in der Mutter aufgewachsen ist; in die sie, mit vierzehn von zu Hause weggelaufen, von Gradus eingeführt wurde: erst als Geliebte, später als Schauspielerin, noch später als der absolute Star des Lastage-Theaters.

Jetzt sind aus dem Hinterhaus gedämpfte Stimmen zu hören. Die ersten Zigarettenrauchwolken kringeln sich uns entgegen. An einem großen Holztisch sitzt das Ensemble, das seit Jahr und Tag Mutters inner circle darstellt: die Schauspieler des Lastage. In ihrer Mitte steht ein Kerzenleuchter als einzige Lichtquelle im Raum – so groß, daß ich auf den Tisch klettern müßte, um die Kerzen auszupusten. Dieser Leuchter stand früher auf dem Dachboden des Lagerhauses, wo Mutter nach ihrer Ankunft zwischen überzähligen Kostümen wohnte, die dort an den Dachbalken hingen, mit Möbelstücken, die aus übriggebliebenen Kulissenteilen stammten. Bis eines Nachts die Flammen an den Säumen von Goneril und Regan zu züngeln begannen und das gesamte Theater um ein Haar abgebrannt wäre. Danach hat Gradus sie bei sich zu Hause aufgenommen.

(Seit jenem Nachmittag weiß ich, daß sich ein Geheimnis hinter der Fotosammlung verbirgt, die Mutter in ihrem Schlafzimmer hütet – eine harmlose Beschäftigung, so wie jemand anders seinen Naturlehrgarten hackt oder Meißener Porzellanpüppchen gruppiert.

Ein Geheimnis besteht nicht nur aus dem Inhalt, aus dem, was verborgen bleiben soll. Mindestens genauso wichtig ist die Form oder, besser gesagt, die Unsichtbarkeit der Form; die Unsichtbarkeit des Rituals, das das Geheimnis umhüllt – wie transparenter Tau, der die Konturen eines Spinnennetzes sichtbar macht. Nie habe ich sie die Fotorahmen abstauben sehen. Ich kann mich nicht erinnern, sie je ein Bild in einen Rahmen stecken gesehen zu haben. Ich bin mir nicht einmal sicher, ob sie sie je ansah, ob sie in einem unbeobachteten Moment ein Foto in die Hand nahm, die Lippen an das kühle Glas legte, ein Exemplar unter ihr Kissen schob, bevor sie schlafen ging. Das Geheimnisvolle bestand in erster Linie darin, daß die Fotos da waren – unerwähnt, namenlos, unbetastet – immer in derselben Anordnung, als wären sie ein Regiment Soldaten, deren Platz auf dem Schlachtfeld die Rangordnung bestimmt, die von jedermann auch erkannt wird. Ich erkannte die Rangordnung nicht. Ich erkannte auch die Gesichter nicht; Gesichter von Menschen, die von Bedeutung sein mußten, deren Geschichte sich aber hinter Glas und den silbernen Rahmen vor mir verbarg, die anscheinend sorgfältig ausgewählt waren und harmonisch von groß zu klein und von schmal bis breit über die gesamte Fläche der Kommode verteilt waren. Ich hatte keine Ahnung, ob es sich um Familienangehörige handelte oder um x-beliebige Gesichter; ob es Porträts verstorbener Idole waren oder anonyme Bilder, im Trödelladen gekauft, die aus irgendeinem Grund für sie so etwas wie Schönheit verkörperten.

Das einzige, was ich verstand, war, daß das Ganze wichtig war. Diese Gesichter, diese Fotos, diese Anordnung, dieses Dasein. Ich begriff, daß sie mich ansahen –)

– und so, auf ähnliche Weise befremdlich, sitzen die Spieler des Lastage im unruhigen Schein der Kerzen um den Tisch gruppiert, als bildeten sie eine Formation, die alles andere als zufällig zustande gekommen ist. Und obgleich sie nicht geschminkt sind und, wie es scheint, keine Perücken tragen, ist etwas Beunruhigendes an den Gesichtern, als wären es Wachsfiguren, die man zwar erkennt, denen man jedoch auch auf den ersten Blick ansieht, daß sie nicht das perfekte Ebenbild ihres Originals sind.

In der Türöffnung bleibe ich stehen, bis Mutter um den Tisch herumgegangen ist, um Küsse zu verteilen. Aber sie geht zur gegenüberliegenden Tür und winkt mir: *Komm!*

Wir gehen weiter ins Hinterhaus hinein, durchqueren die Halle mit den Garderoben und steigen eine schmale Stiege zu einem Dachgeschoß hinauf, in dem das Dach aus Fenstern besteht, hinter denen ich Wolken über den dunklen Himmel jagen sehe. Im gesamten Raum – an den Wänden, an den Mauern, auf den Tischen – befinden sich Gestalten: halb vollendete Holzkohleporträts, verwundene Köpfe, eine Vielzahl von Ohren und Nasen, Fragmente von Gesichtern, die ich erkennen müßte, aber nicht einordnen kann. Es sind isolierte Studienobjekte geworden: alles andere als Menschen, alles andere als Lebewesen, kannibalisiert von einem Maler, der hier, hoch über dem Lastage, offenbar haust.

Als meine Augen sich an das eigentümliche Licht gewöhnt haben, erkenne ich an der langen Wand mir gegenüber in einem lebensgroßen Porträt meine Mutter. Oder eigentlich ist es nicht sie, sondern Ira Palm: das Gesicht verschleiert von hellem Tüll; die Augen mit Kajal akzentuiert, die Lippen zugekniffen – selbstgefällig, herausfordernd. Ihr Blick ist kühl auf den Maler gerichtet, auf den Mann, der sie zu sich nimmt – und jetzt auf mich, den Betrachter, wenngleich ich spüre, daß dieser Blick nicht mir, sondern einem anderen gilt.

Und nach einigem Zögern erkenne ich auch die Gestalt in einem zweiten Porträt – obwohl es aus Fragmenten zusammengesetzt ist, obwohl es alles andere als ein übersichtliches Ganzes darstellt: Jona war also vor kurzem hier. Sein schwarzes Haar ist noch naß von der nicht ganz getrockneten Farbe. Er starrt mich mit einem wesenlosen Blick an, statisch wie der eines Blinden. Er sieht den Maler nicht an, sondern sieht durch ihn hindurch. Er will nicht betrachtet werden.

»Hier ist der andere«, sagt Mutter und schubst mich sanft nach vorn.

Der Mann hinter der Staffelei dreht sich um und streckt mir die Hand entgegen, als handelte es sich um eine erste Begrüßung. Ein breites Lächeln erscheint um Gradus' Mund: *Das hättest du nicht gedacht, was.*

»Gut, daß du da bist«, sagt er und deutet auf den Stuhl gegenüber der Staffelei.

Ich setze mich und schließe die Augen.

»Tschüs!« höre ich Mutter sagen.

Dann Schritte auf der Treppe.

Dann ist es still.

7

Das einzige, was uns wirklich voneinander unterscheidet, sind die Augen. Und das hat er nicht gesehen. Ich habe zwei blaue Augen, Jona zwei verschiedene: das eine so blau wie meine, das andere durchsichtig und mal ins Graue spielend, mal ins Gelbliche, mal ins Türkise. Das hängt nicht mit seiner Stimmung zusammen, sondern mit dem Wetter oder, besser gesagt: mit dem Licht, wie es sich in seiner Iris spiegelt. Er sieht nicht besser oder schlechter damit, behauptet er selbst, aber ich vermute, daß das transparente Auge doch die Ursache für die Pingpongbälle in seinem Kopf ist, wenngleich ich noch nach einem wissenschaftlichen Zusammenhang suche.

Das mit den Augen sage ich Gradus an dem Tag, als er die Porträts bei uns zu Hause abliefert. Mutter hatte vor, ein Fest daraus zu machen, mit Freunden und Alkohol und mit Applaus auf der Treppe, nachdem die Bilder von Gradus an die Haken gehängt worden sind. Das erwies sich noch als ziemlich schwierig, weil der Kronleuchter im Treppenhaus direkt vor unseren Köpfen hing, wodurch die Wirkung, die Mutter sich vorgestellt hatte (ihre Söhne imposant unter einem Strahlenkranz aus Licht), in der Spiegelung der Kristalle völlig unterging. Auf der Stelle wurde die Kette des Kronleuchters um eineinhalb Meter gekürzt, und jetzt sieht die Lampe aus wie ein mißgestaltetes Sonnensystem, das man an die mit Ornamenten verzierte Decke geklatscht hat.

Und natürlich sagt niemand etwas dazu. Mutter weiß, wie sie ihre Feste inszenieren muß.

»Gradus«, sage ich, als wir uns über die Balustrade beugen, um die Gemälde von oben zu betrachten, »du hast etwas übersehen. Wir haben nicht die gleichen Augen.«

»Wer ist *wir*?«

»Jona. Er hat ein anderes Auge als ich.«

»Mutter ein Auge, Vater ein Auge – im Land der Blinden ist Einauge König.« Er nimmt mein Gesicht zwischen seine Hände: »Nein, das ist mir tatsächlich nicht aufgefallen. Laß mal sehen.«

Große Hände sind es, mit Haaren auf dem Rücken und innen weich. Ich traue ihnen nicht.

»Wie alt bist du eigentlich, Gradus?«

»Wieso?«

»Vielleicht brauchst du eine Brille. Vielleicht hast du deswegen Jonas Augen nicht richtig gesehen.«

»Aber jetzt sehe ich sie«, sagt er und zwinkert. »Ich sehe den Blick. Ich sehe die Wimpern. Ich sehe den Bogen der Augenbraue, das Blau des Lids.«

Mit schlaffer Fingerspitze streicht er mir über die Augenbraue, die Wimpern, das Lid. Gänsehaut kriecht mir über die Arme.

»Aber was die Brille angeht, das ist ein interessanter Gedanke. Denn selbst wenn meine Augen nicht gut wären, wenn ich die Welt unscharf sähe, was würde eine Brille dann zu meiner Wahrnehmung beitragen? Vielleicht ist das, was ich jetzt sehe – unscharf, flach, verschwimmend –, auch eine Realität. *Eine parallele Realität*. Was meinst du?«

»Ich kapier euch nicht«, knurre ich und gehe die Treppe hinunter. »Warum mußten diese Bilder eigentlich unbedingt gemalt werden?« rufe ich noch nach oben. »Sic sind häßlich.«

Ehrlich gesagt denke ich nicht, daß sie häßlich sind, diese Bilder – aber, tja, wie sagt man das. *Ich* fühle mich häßlich, besudelt, so im Treppenhaus zu hängen, von all den Leuten betrachtet, von jedem, der von heute an unser Haus betritt. Und ich fühle mich besudelt wegen meines Bruders, der nicht einmal anwesend ist, obwohl er doch mit allem Drum und Dran an die Wand genagelt wird. Daß es Mutter nichts ausmacht, gesehen zu werden, heißt ja noch nicht, daß sie uns so einer Behandlung aussetzen muß.

Das ist es, was ich daran häßlich finde.

Aber, tja, wie sagt man das?

(Ich habe oft gedacht, daß ich gern stolz auf Mutter wäre, weil sie die Beste ist. Ich weiß, daß sie die Beste ist, das hat sie uns erzählt. Das erzählt uns jeder. Das wissen wir, da wir nach jeder Vorstellung mit Blumensträußen überhäuft werden, und zwar in einem Maße, daß regelmäßig ein Meer von Blumen in der Biotonne verschwindet, weil wir nie genug Vasen haben.

Ich weiß, daß sie die Beste ist, aber ich sehe es nicht. Ich sehe es nicht, wenn sie deklamierend und gestikulierend auf der Bühne herumgeht, in einem Meer von Licht badend und mit flatternden Händen Worte aus ihrem Gedächtnis heraufholend, die nicht die ihren sind.

Ich sehe es nicht. Ich sehe eine Puppentheaterpuppe, wie wir sie mal in der Spielzeugkiste hatten; ihr Talent die Hand, die den Stofflappen zum Leben bringt. Und nicht einmal diese Hand sehe ich.)

In der Diele unten, während Gradus sich über mir noch immer über die Balustrade beugt, zögere ich, wohin ich jetzt gehen soll. In der Küche stehen Ellen und Simone, da gibt es immer was zu lachen. Ellen und Simone gehören auch zum Lastage, sie sind ungefähr gleich alt und beide rothaarig, wodurch sie einander ständig in die Quere kommen. Die beiden streiten sich auch immer, ohne es zu sagen. Früher dachte ich, daß es zu einem Stück gehört, aber sogar außerhalb der Proben geht das Gezanke weiter: über ihre neuen Schuhe, darüber, wie man am besten ein Clubsandwich macht, ohne daß der Belag dazwischen herausfällt.

Ich mag sie. Ellen hat Brüste wie Kürbisse, die sich beim Gehen unter ihrem T-Shirt nicht mitbewegen, sondern starr vor sich hin blicken. Simone hat kaum Busen, aber dafür riesige blaue Augen, die immer größer und blauer zu werden scheinen, seit sie wieder schwanger ist. Sie muß wegen allem weinen, worüber ich dann wieder lachen muß, weil sie dann aussieht wie ein Äffchen.

Nur wegen Ellen weint sie nicht. Das finde ich stark.

Aber jetzt muß Simone anscheinend wirklich weinen, und Ellen auch. Sie umarmen einander, den dicken Bauch unbequem zwischen sich, so daß sie etwas krumm dastehen, mir aber derweil einen vernichtenden Blick zuwerfen, als könnte ich etwas dafür, daß sie da heulen, während ich in der Küchentür stehe und zuschaue.

Jungs machen das doch anders, denke ich, als ich durch die Diele ins Wohnzimmer schlendere, dieses Ach-laß-mich-doch-einfach-mal-Getue ist wirklich etwas typisch Weibliches.

Jona würde es bestimmt nie so machen.

Mutter hat übrigens keine Probleme damit, das muß ich ihr lassen: Sie zieht schamlos alle Aufmerksamkeit auf sich. Das ist nicht einmal Eitelkeit, eher ein angeborenes Unvermögen, bescheiden zu sein. Niemand scheint sich daran zu stören, sie weiß, mit wem sie sich umgibt. Sie hat sich zwischen den Schiebetüren zum Wintergarten postiert, wahrscheinlich erzählt sie peinliche Anekdoten über sich selbst. Mutter tratscht nicht über andere, sondern über sich selbst. Das findet sie charmant.

Und trotzdem ... aus der Entfernung sehe ich, wie ihre Hände hinter dem Rücken nervös ineinandergreifen; ich sehe, wie ihre Finger sich umeinanderwinden und dann losschießen wie Motten zum Licht; der Hals lang, der Rücken krumm, und dann diese Hände, diese flatternden Hände, die an den Gelenken baumeln, als führten sie ein eigenes Leben.

Mutter *rezitiert*:

»Als ich eine Tochter bekam, hatte ich solche Angst. Ich war selbst noch so jung. Und Tochter. Ich weiß, was es bedeutet, eine Tochter zu sein.

Um einen Sohn hat eine Mutter weniger Angst. Ein Sohn muß nicht hübsch sein. Und wenn er hübsch ist, braucht sie keine Angst zu haben. Eine Mutter braucht nie Angst zu haben um ihren Sohn.

Vielleicht wird er Soldat und stirbt im Krieg. Dann ist er ein Held.

Vielleicht wird er Arzt und begeht einen verhängnisvollen Fehler. Dann ist er ein Mensch.

Vielleicht ist er ein Versager, trinkt zuviel, schlägt seine Frau, schläft auf dem Sofa. Dann ist er ein Mann.

Das sind die normalen Ängste einer Mutter. Damit kann man leben. Damit rechnet man. Sozusagen. Als Mutter.

Du aber, meine Tochter, du hättest nie geboren werden dürfen. In dir kommt alles zusammen, was diese Welt verachtet.«

»Was ist das?« (Elmer, der Ambitionen hat, Theatermacher zu werden.)

»Der neueste Waterdrager«, sagt Mutter lustlos.

»Was in Gottes Namen weiß Gradus Waterdrager von Kindern?« (Elmer wieder.)

»Von Müttern!« (Hedda, ebenfalls schwanger.)

»Von Frauen!« (Hans.)

Hahaha.

Das Ensemble hat wieder einen Aufhänger gefunden: *Was wissen wir eigentlich vom Leben*. Das sind die katastrophalsten Gespräche, wenn Erwachsene über ihre Unzulänglichkeiten reflektieren. Der Selbstspott nichts als Eitelkeit, zynischer Humor, der nur ihre Selbstgefälligkeit zudecken soll.

Was wissen sie von Kindern – in der Tat.

Was wissen wir von unseren Eltern.

Was wollen wir voneinander wissen?

Es sind zwei getrennte Welten, und das muß unbedingt so bleiben. Sobald sie sich überlagern, liegt die Scham auf der Lauer, bereit, einen anzuspringen wie eine gräßliche Hautkrankheit, die man nie mehr los wird.

Wir haben Gott sei Dank nie darüber gesprochen: über unsere Eltern. Weil es keine Frage war. Weil die Abwesenheit eines Vaters selbstverständlicher ist als die Frage nach seiner Existenz.

Bis die Frage gestellt wurde.

(Jetzt, wo du's sagst, Jona, wir haben doch darüber gesprochen. Wir haben sogar ausführlich darüber gesprochen, als wir dahinterkamen, daß das eine Auge bei dir durchsichtig ist. Und daß du oben in der Iris einen kleinen schwarzen Fleck hast, als wäre ein bißchen Schmutz auf dem Objektiv gewesen – was natürlich Unsinn ist, weil dein Auge selbst das Objektiv ist, aber trotzdem sah es so aus: wie ein stumpfer Kreis, auf den kein Licht gefallen war. Wo wir schon mal dabei waren, entdecktest du unten an meinem Rücken ein Muttermal, das du nicht hast, und wir entdeckten, daß dein Nabel vorsteht, während meiner tief eingesunken ist. Es wurde eine ganze Liste mit Unterschieden, und das war das erste Mal, daß wir über ihn sprachen: über unseren Vater. Oder eigentlich über die Frage, ob wir wirklich eineiige Zwillinge sind, wie alle immer behaupten, oder ob wir nicht doch verschiedenen Ursprungs sind. Aus verschiedenen Eiern hervorgegangen oder aus verschiedenen Samenzellen. Vielleicht sogar aus verschiedenen Vätern, denn auch das schien uns möglich.

Uns kam kurz die Idee, zu unserem Hausarzt zu gehen, aber der hat uns noch nie auseinanderhalten können. Er hätte mich beinahe ins Krankenhaus geschickt, um deine Mandeln herausnehmen zu lassen.

»Aber er war bei der Geburt dabei«, sagtest du.

»Bei der Geburt sieht man doch nicht, wer der Vater ist.«

»Er kann aber sagen, ob wir gleichzeitig geboren wurden.«

»Ja, und dann?«

Ich wollte es nicht sagen, aber ich hatte eine Heidenangst davor, der Mann könnte uns ins Psychologische Institut überweisen. Von anderen hatte ich gehört, daß er oft überweist, wenn Kinder mit Fragen zu ihm kommen.

Schließlich griffen wir zur Enzyklopädie, nur die brachte uns auch nicht viel Klarheit. Das stand darin:

Zwielicht, Beleuchtung durch zwei verschiedenfarbige Lichtquellen; es wird besonders in der Dämmerung bemerkt, wenn im Raum künstliches Licht brennt.
Zwillinge (1 *Gemelli, Gemini*) sind Kinderpaare, die sich gleichzeitig in der Gebärmutter entwickelt haben und kurz nacheinander geboren sind.
(2 *Astrologie*) ist eines der Sternbilder des Tierkreiszeichens. Das Sternbild ist am Winterabendhimmel links oberhalb des Orion zu finden.
(3 *Kristallographie*) sind gesetzmäßige Verwachsungen zweier Kristallindividuen. Die beiden Kristalle sind stets artgleich und entweder spiegelbildlich zueinander angeordnet oder um 180 Grad gedreht, oder beide Eigenschaften treten gleichzeitig auf.
Zwinger, (1) zwischen der inneren und äußeren Ringmauer einer mittelalterlichen Stadtbefestigung oder Burg liegender Umgang oder der zur Vorburg gehörende freie Platz, der bei größeren Burgen zu mittelalterlichen Übungen, zur Haltung von wilden Tieren, als Baumgarten, auch als Acker diente.
(2) eingezäunter Auslauf u.a. für Hunde, Zootiere.

Wir betrachteten uns noch einmal gründlich im Spiegel. Trotz der soeben entdeckten Unterschiede – die genaugenommen eher Ausnahmen als Unterschiede waren, wodurch die Berührungspunkte zwischen uns noch sichtbarer wurden – war das Bild unverkennbar identisch, vielleicht sogar noch identischer, als wenn wir deine Iris, mein Muttermal nicht gesehen hätten. Und: Je länger ich schaute, um so mehr verschwammen diese abweichenden äußeren Details in den Flecken des Spiegels, im klaren Nordlicht, das ins Zimmer fiel, im Blick meines Ebenbilds.

Was hatte Mutter da über Unterschied gesagt – daß das etwas ist, wofür man alt genug sein muß? Das stimmt nicht. Es ist eine Fähigkeit, die man nicht erwirbt, wenn man älter wird, sondern gerade dann verliert.

In meinen Augen begann der Unterschied zwischen uns nicht nur zu verschwimmen, sondern verkehrte sich sogar ins Gegenteil.)

Mutter ruft, aber ich gehe nicht mehr zurück. Ich gehe nicht in die Diele, um der Musik zu lauschen, die dort seit Mitternacht spielt. Ich gehe auch nicht in mein Zimmer. Ich gehe zu dem hohen Fenster am Ende des Flurs, dem Fenster, von dem man unseren Garten sehen kann, mit den alten Apfelbäumen und der Edelkastanie; mit der Buche, in der im Sommer die Hängematte hängt, mitten auf der Wiese, die von dem kleinen Wassergraben begrenzt wird, hinter dem sich das Land weiter bis ins Unendliche erstreckt, bis dorthin, wo die Strahlen des Leuchtturms über die Wolken streichen, wo die Dunkelheit nicht mehr aufhört zu existieren. Und während ich an dem Fenster stehe mit der Hand über den Augen, um sie gegen das Streulicht abzuschirmen, und die erhitzte Stirn an die kühle Scheibe lege, denke ich nicht an das Dröhnen der Musik, nicht an das schallende Gelächter, nicht an das Getanze unter mir. Ich denke an die Bäume, die sich dort draußen in vollkommener Gleichgültigkeit im Wind wiegen; die einzige Gewißheit, die ich in diesem Augenblick zu haben glaube, ist die, daß sie dort schon seit einer Ewigkeit stehen, daß gerade diese Bäume, der Garten, daß die Katzen- und Kaninchenkadaver auf dem Komposthaufen, daß das alles ununterbrochen *da ist* seit Menschengedenken und vielleicht sogar noch sehr viel länger und daß das alles auch nach mir, selbst wenn ich jetzt tot umfiele oder das Haus jetzt gleich abbrennen würde, in seiner Unbeirrbarkeit noch Hunderte von Jahren weiterbestehen würde, als wäre nichts passiert, als hätte dieses armselige Leben, das wir führen, in dem wir auftauchen, vorbeiziehen und verschwinden, tatsächlich nicht mehr Bedeutung als der leiseste Windhauch, durch den die Bucheckern fallen, die Blätter zu Boden trudeln, das Gras sich der Erde zuneigt.

Und mit einem Anflug von Schmerz oder von unbestimmtem Heimweh, mit einem Schaudern, das keinen eindeutigen Ursprung hat, wird mir klar, daß es Kontinuität offenbar nur dank dieser Gleichgültigkeit geben kann, denn Anteilnahme kann unmöglich von ewiger Dauer sein. Doch wenn das so ist, dann wäre alles relativ, dann würde alles so lange existieren, wie es existiert oder so weit das Auge reicht; dann müßte so etwas wie die Erlösung von Schmerz oder Heimweh oder Verlangen in einer völligen Gleichgültigkeit liegen – Gleichgültigkeit gegenüber dem Leben oder gegenüber dem Tod. Gegenüber der Liebe. Oder gegenüber einander.

Und wenn das alles wahr ist, dachte ich, sollte ich das dann als tröstlichen Gedanken empfinden? Beruhigend und beängstigend zugleich, so wie einem die unter der Kraft eines Orkans anschwellende See eine gewaltige, erregende

Angst einflößt, die See, von der man weiß, sie wird einen nicht packen, solange man hoch oben auf der hintersten Düne stehenbleibt, die einem aber trotzdem das Gefühl gibt, daß jeder Moment der letzte sein kann; der, wenn er vorbei ist, einen wehmütig und entzückt zurückläßt, weil man eine Katastrophe überlebt hat, die nie stattgefunden hat?

Und wenn ich jetzt, überlegte ich mir, während ich noch immer reglos an die Fensterscheibe gelehnt stand, wenn ich jetzt nach unten ginge und zu Mutter sagte: Mutter, darüber habe ich gerade nachgedacht, und ihr haarklein erzählte, was ich empfand, als ich noch oben stand, und ihr, genauso klar, wie ich es im Kopf hatte, erklären könnte, warum dieser Gedanke so wichtig war, wäre das dann … Wäre das dann, was Mutter meinte? Wäre das der Grund, weshalb Jona wegmußte? Warum diese Porträts jetzt da hängen? Hätte ich dann doch etwas verstanden, zumindest genügend verstanden, um später, um morgen zu Jona sagen zu können: Jona, ich habe es verstanden, ich werde es dir erklären, und dann darfst du wieder nach Hause …?

8

Du hast mich nach der Bedeutung des Weltalls gefragt und wie es kommt, daß sich das, was wir wahrnehmen, in nichts auflösen kann, ohne daß es aus unserem Blickfeld verschwindet: ein toter Stern, ein Meteoritensturm, das parallele Universum – Phänomene, die sich lediglich aufgrund von Berechnungen erahnen lassen, die ich auch nicht verstehe ...

Und du hast nach der Zeit gefragt und wie sie sich zu einem Moment verhält: zu einem Moment des Hinauszögerns oder zu einem Moment der Entscheidung, denn im Bruchteil einer Sekunde (oder in einigen wenigen Stunden eines Menschenlebens, was relativ betrachtet auch nicht mehr ist als ein Bruchteil der insgesamt gegebenen Zeit) fällt häufig eine Entscheidung, die dem Lauf der Dinge eine vollkommen andere Wendung gibt – ein Effekt, der aus diesem einen nichtigen Moment heraus um sich greift, mal träge wie Kreise in der Entengrütze, mal mit der Geschwindigkeit umfallender Dominosteine, Ursache und Wirkung in nicht nachvollziehbarem Muster aufeinanderfolgen lassend ...

Du hast gefragt, ob Gleichzeitigkeit vorliegt, wenn ein und dasselbe Ereignis hier auf der Erde stattfindet und hundert Lichtjahre entfernt, in einer von der Bahn abgekommenen Raumkapsel oder auf der Oberfläche eines unbekannten Sterns. Und du hast gesagt: Wie verhalten sich die Sterne dann zueinander, denn von einem festen Punkt auf der Erde ist die Entfernung zwischen ihnen zwar meßbar, aber im Grunde existiert diese Entfernung nicht, weil der eine Stern viel älter ist als der andere; weil einige sogar schon verschwunden sind, während das Licht noch durch die Zeit reist …

Du hast gefragt: Wer reist wem nach? Reist die Linie dem Planeten nach, oder ist die Entfernung eine Konstante, ungeachtet der Zeit, in der sich der Stern im Verhältnis zu dem anderen befindet, mit dem er durch diese imaginäre Linie verbunden ist?

(Ich weiß es nicht, Jona. Ich weiß nicht, warum du mich das fragst. Ich weiß nicht, welche Antwort du hören willst, und ich weiß nicht, welche Frage du mir in Wirklichkeit stellst.)

Du hast gefragt: Bestimmen wir selbst, wie etwas zeitlich stattfindet, oder ist es die Zeit, die das für uns bestimmt? Zeigt die Zeit an, daß sich ein Moment anbietet, der geeignet sein könnte für ein Ereignis, für einen Beschluß, einen Gedanken, eine Begegnung, eine Flucht? Gibt es für alles einen bestimmten Moment, oder können wir nur nachträglich feststellen, daß das Timing gut war oder aber unglücklich?

Und du hast gefragt: Erzähl mir, was in der Zeitspanne zwischen dem Moment passiert, in dem jemand seinen letzten Atemzug aushaucht, und dem darauffolgenden Augenblick. Oder gibt es diesen Augenblick nicht mehr, weil es ja der letzte Atemzug ist? Ist genau dieser Augenblick dann das Ende der Zeit?

Und nichts, nichts ahnte ich von dem, wonach du in deinen Fragen suchtest. Nichts von dem, was du sagtest, brachte ich in Verbindung mit deiner Wirklichkeit, die für mich hinter Worten verhüllt blieb. Es waren Fragen, Jona. Es war ein Spiel. Ich kannte die Antworten oder gab vor, sie zu kennen, weil ich wußte, daß du das hören wolltest, daß du etwas hören wolltest.

Und du lagst auf meinem Bett, den Kopf am Fußende und die Zehen in der Luft, an der Dachschräge, und ich stand mit dem Fernrohr am Fenster, und während ich nach Antworten suchte, tanzten deine Füße entlang den schwarzen Linien von einem Himmelskörper zum anderen, als wäre eine Berührung mit den Fingerspitzen zu intim, ihnen aber nur mit den Augen zu folgen wiederum zu wenig greifbar.

So lagst du da. Draußen regnete es, und ich lauschte deinen Fragen. Und du lauschtest meinen Antworten, die jetzt, im nachhinein, zu schmerzlich sind, um zurückgeholt werden zu können.

Sofern es eine Spur zurück gibt, beginnt sie dort: an dem Punkt, an dem Mutter beschloß, uns zu trennen, zunächst für ein paar Monate, im nachhinein gesehen fürs ganze Leben. Aber es gibt kein Nachhinein, es gibt keine Spur zurück, nur den Weg nach vorn. Und jeder Beginn, auch der Beginn dieser Geschichte, ist eine Rückkehr zu dem, was ihm voranging: die Wochen, die Jahre, die Leben vor ... vor was eigentlich? Gibt es so etwas wie einen *Punkt Null* in einem Menschenleben?

So baut sich also ein Trauma auf. Nicht durch dieses eine traumatische Ereignis, sondern durch die Verbindung, die der unglückselige Moment mit den bereits vorhandenen Linien eingeht, mit den losen Fäden, den Fransenrändern, die sich in den frühen Kinderjahren um die Seele gebildet haben. Das ist es, was einen empfänglich macht für Verletzungen.

Das Ende ist bekannt, doch der Punkt Null liegt in weiter Ferne.

9

Ich frage mich, ob es von Bedeutung ist, in welchem Alter ein Mensch stirbt. Wird alles Vorhergehende, das ganze Leben, das jemand hinter sich läßt, anders gewogen aufgrund des Zeitpunkts seines Todes? Sieht ein Leben rückblickend anders aus, wenn man mit sechzig stirbt oder mit achtunddreißig? Mit zehn? Mit achtzig? Sieht es anders aus, wenn man an einer Krankheit stirbt oder durch einen Schicksalsschlag, durch dumme Fahrlässigkeit? Dann ist der Tod also der einzige Maßstab für unser Leben, eine normative Meßlatte, die, wenn alles gesagt und getan ist, von einer unsichtbaren Hand angelegt wird, um hinterher festzustellen, was man aus den Jahren, die einem gegeben sind, gemacht hat.

Aber *hinterher* ist gefährlich, denn nichts ist bei näherer Betrachtung, was es ist – oder besser: was es war. Nichts bleibt im Gedächtnis so, wie es war, eine Erinnerung nicht, ein Leben nicht, ein Ereignis nicht.

Wie zum Beispiel der Gedanke an Jona, wie er eine wollige Hummel liebevoll in eine kleine Schachtel stecken konnte: Manchmal bin ich mir gar nicht mehr so sicher, ob das wirklich so liebevoll geschah. Selbst wenn ich mich haargenau an sein Gesicht von damals erinnere, die gesenkten Lider mit den langen Wimpern, seine schmuddeligen Finger; mich erinnere an das unverständliche Murmeln seiner Lippen, als wolle er die Tierchen, die er einpackte, beruhigen – wer sagt mir, daß dieses Bild nicht ein Produkt meiner Phantasie ist? Eine Erinnerung daran, wie ich mich erinnern will? Oder möglicherweise sogar ein Produkt seiner Phantasie; wie er sich darstellte, damit ich mich so daran erinnere …

Jona, der immer Geheimnisse gehabt hat. Aber lügen kann er nicht. Das weiß ich, weil ich ihn kenne, weil ich gelernt habe, die richtigen Fragen zu stellen. Ohne das erreicht man nichts bei Jona, dann klingt jede Antwort wie eine Lüge, weil die Frage falsch gestellt war.

An dem Tag, an dem Jona zurückkam, stürzte Gradus sich aus dem Fenster.

Wir wußten, daß er krank war. Wir hörten es am Pfeifen seiner Lunge. Wir sahen es an seinen Wangen, die nach innen zu wachsen schienen; an der Geschwulst an seinem Hals, die wie eine schwammige Knolle auf seiner Schulter ruhte. Wir wußten es, aber was weiß man dann? Nichts weiß man, wenn man weiß, daß ein anderer im Sterben liegt. Solange er nicht tot ist, lebt er ja noch – und Gradus wollte partout nicht sterben. Bis er beschloß, daß es jetzt genug war, daß dieses Leben am Abgrund ihm auch nicht mehr gefiel. Und folglich stürzte er sich aus dem höchsten Fenster des Lastage, eines sehr frühen Morgens, als die Sonne noch nicht aufgegangen war, die Nacht aber bereits gewichen. An jenem Morgen griff Mutter zum Telefon und sagte: Es ist gut so.

Es ist gut so. Das hat sie gesagt.

Eine Stunde später waren wir zu dritt auf dem Weg zum Lastage, um Gradus zu identifizieren. Um ihn noch einmal zu sehen, bevor er entsorgt würde. (*Entsorgt* – auch das hat sie gesagt.) Neben mir auf der Rückbank starrte Jona schweigend auf seine Hände, während ich durch die Scheibe sah, wie eine Stadt erwachte.

(Vom höchsten Dachfenster aus fällt man neun Meter bis auf das Kopfsteinpflaster. Das Fenster ist selten offen, meist ist der Laden davor, der Holzladen mit den Rosetten; nicht weil der Dachboden kein Licht verträgt, sondern weil der Fensterrahmen so alt ist, daß niemand sagen kann, ob er es aushält, wenn auch nur ein Blick durch ihn nach draußen geworfen wird.

Ich liebe diese Aussicht, habe sie immer geliebt – auch wenn ich selten dort war. Ich habe mir eine Vorstellung davon gebildet, eine unauslöschliche Vorstellung von *Aussicht*: der Blick auf die Seehäfen jenseits des breiten Kais, das Linienspiel der veralteten Bahnschienen in alten Betonplatten, über die einst Waggonladungen von Kohle und Kakao gerollt sind, staubige Ballen aus fernen Ländern, Wolken von Krankheiten und exotischen Tierchen, die auf diesem Weg in die Lungen der dort arbeitenden Männer eindrangen. Sie arbeiten dort immer noch, die Männer, mit Armen, schwarz von Schweiß und Staub, aber ich bekomme sie nicht zu sehen. Weit entfernt, wo sich die Kräne wie langgereckte Vogelköpfe gegen den Himmel abzeichnen, mit ihren Schnäbeln über das Wasser schwenkend, mal eine Beute im Maul, mal auf der Suche nach Ladung – dort, in diesem Schattenspiel am Horizont, dort vermute ich sie. Und während die Möwen kreischend wie Weiber übers Wasser streichen und die tiefstehende Sonne mir die Sicht nimmt (die Sonne, die scheint, als ob sie untergeht, aber genau dann diese Kehre macht und die Nacht über dem Wasser durchbricht) und ich am Himmel die Kräne herumschwenken sehe – lautlos, friedlich –, höre ich unter mir, *ploff*, Gradus' Körper aufkommen.

Ich bilde mir sogar ein, auf dem Pflaster das Nachbild seines Körpers sehen zu können, für alle Zeiten diese Unregelmäßigkeit im sorgfältigen Muster der Steine. Dort ein Bein. Dort die Arme. Dort der Kopf. Dort eine willkürlich aufgekommene Hand ...)

Ich kann mich nicht erinnern, daß die vordere Fassade des Theaters immer so weiß gewesen ist. Es fällt mir jetzt auf, vielleicht weil sie erst kürzlich frisch gekalkt worden ist, vielleicht weil die Sonne so gnadenlos grell darauf scheint, daß die Szenerie davor aussieht wie ein überbelichtetes Zeitungsfoto, mit Männern in Arztkitteln, mit glänzenden Tragbahrestangen, mit einem wehenden weißen Laken und einer Handvoll bleicher Passanten hinter einem karierten Absperrband, das sich mit der Meute vorwölbt – wodurch jede Bewegung sich dieser dunklen Gestalt auf dem Pflaster zuzuneigen scheint, dem düsteren Zentrum eines im Licht badenden Kreises von Zuschauern.

Das Band öffnet sich für uns, offenbar ist Mutters Eintreffen angekündigt worden. Jetzt, da ich in einiger Entfernung hinter ihr gehe, fällt mir auf, daß sie sich dem Anlaß entsprechend gekleidet hat. Sie trägt dunkle Strümpfe und Schuhe mit halbhohen Absätzen und eine etwas zu auffällige dunkle Sonnenbrille, die sie sich nicht wie üblich ins Haar geschoben hat, sondern vor den Augen läßt, so daß es aussieht, als habe sie weinen müssen, was meiner Meinung nach nicht zutrifft.

Jona und ich folgen, stillschweigend sind wir übereingekommen, daß auch für uns innerhalb des Kreises ein Platz reserviert ist, auch wenn wir weniger passend gekleidet sind als sie und keine Sonnenbrille haben, hinter der wir das Fehlen von Betrübnis verbergen können.

Wir bleiben etwas abseits stehen, während die Sanitäter Mutter am Arm nehmen und sie zum Leichnam führen, der inzwischen unter dem Laken verschwunden ist; dem Laken, das sich im Seewind einfach nicht der darunterliegenden Gestalt angleichen will. Es ist wie in einem Pornoheft, als würde jedesmal ein Zipfel gelüftet, um es spannend zu machen, mal eine Blutlache, mal einen verdrehten Körperteil enthüllend, während der Wind frivol mit dem Leinen spielt und die Sanitäter peinlich berührt versuchen, Gradus unter dem Tuch zu halten.

Mutter beugt sich vor, schaut hin, als das Tuch gelüftet wird, und nickt. Danach wird sie wieder beim Arm genommen und zu dem Polizeibus geführt, zweifellos wegen weiterer Formalitäten.

Es beginnt warm zu werden. Die Sonne brennt auf die weiße Wand und auf das halb zugebundene Laken, unter dem ich die schrecklichsten Gerüche vermute; ich wundere mich, daß Gradus noch nicht abtransportiert ist, daß die Sanitäter im Schatten der Ambulanz weiter herumhängen, offenbar in Erwartung eines Bescheids aus dem kleinen Bus; daß sie nicht, und sei es nur aus Pietät gegenüber dem Verstorbenen, den Leichnam wenigstens in so einen Reißverschlußsack gesteckt oder auf die Bahre gelegt und in den Krankenwagen getragen haben.

Doch alles steht still, nur die Sonne bewegt sich langsam höher, die Möwen lassen sich träge auf dem Wind dahintreiben, der Wind legt sich in dem Maße, wie die Temperatur steigt, die Zuschauer trollen sich mangels einer Sensation, während die Essenz dieses Moments bewegungslos auf dem Pflaster liegt und jede übrige Aktivität sie eher umkreist als sich ihr zuwendet.

Ich hocke mich auf die Fersen, den Rücken an die weiße Wand gelehnt, die sich warm anfühlt wie eine Wärmflasche oder eine Wolldecke und mir beruhigend den Rücken deckt. Ich schließe die Augen und spüre, wie sich das Blut unter meinen Lidern erwärmt, spüre, wie die laue Brise an mir vorbeistreicht und jedes Geräusch verweht (es war früh gewesen heute morgen, als das Telefon klingelte; ich denke, es war noch nicht einmal fünf, kein Vogel hatte sich geregt, und draußen war es blau, kalt-blau vom sehr frühen Morgen, als Mutter heraufkam und mich weckte; als sie sagte: *Job, zieh dich an* – in so einem Ton, daß es einem nicht in den Sinn kommt, weiterzufragen, und ich zog mich an, als ob es mitten im Winter wäre, meine Füße waren kalt, und die eisige Luft, die durch das offene Dachfenster hereinzog, schmerzte mich an der Nase. Auf dicken Socken ging ich nach unten in die Küche, wo eine Scheibe Brot im Toaster auf mich wartete und eine Tasse Tee auf dem Tisch stand, und ich sah Mutter unruhig durchs Zimmer gehen, im Morgenmantel, aber bereits mit Tagescreme im Gesicht und auf dem Hals, in der einen Hand das Telefon und in der anderen eine Tasse Kaffee, und ich hörte sie sagen: Es ist gut so. Ich hole ihn gleich ab.

Danach war es still, lange still. So still, daß ich nicht in den Toast zu beißen wagte, bis ich sie schreien hörte: *Es ist gut so*.

In der Diele schlug die Uhr halb sechs, und nicht lange danach saßen wir im Auto, auf dem Weg zu den Baselitz, um Jona mitzunehmen, der im Morgendunst mit demselben dämlichen Koffer an der Pforte wartete, mit dem er seinerzeit gegangen war –)

Als ich die Augen öffne, sehe ich vor mir den Leichnam von Gradus, zumindest das Laken, dessen Bänder noch immer nicht zugeschnürt sind, und ich sehe Jona, der sich über den Leichnam beugt, murmelnd, und die Augen unruhig über das Gesicht huschen läßt, das durch den Sturz zweifellos übel zugerichtet sein muß. Und plötzlich kommt mir der unsinnige Gedanke: Er wird doch nicht noch am Leben sein? Er wird doch nicht so etwas wie *Seine Letzten Worte* mit Jona teilen? Ich will aufstehen, um mich zu vergewissern, doch die Unsinnigkeit der Vorstellung hält mich davon ab, mich zu rühren. Ich hätte mich lächerlich gemacht in Jonas Augen.

Jonas Augen … Ich glaube nicht, daß es ihm bewußt ist, daß ich zuschaue, so vertieft scheint er in die Figur dieses toten Körpers zu sein: die Konturen des Tuchs, die Hand, die so unglücklich aufgekommen ist, daß sie daliegt wie ein Vogel, der sich im Stacheldraht verfangen hat. Ich sehe, wie er das Gesicht betastet, jedenfalls die Stelle, an der es sich befunden haben muß; ich sehe, wie er ein Bein anders hinlegt, die Hand vorsichtig unter das Laken schiebt, die Hand, die aussieht wie ein Vogel, an dem kein einziges Knöchelchen mehr ganz sein kann …

Da geht die Schiebetür des kleinen Busses auf, und das bestrumpfte Bein meiner Mutter erscheint, das Kostüm, das Gesicht hinter dunklen Gläsern. Sie sieht mich nicht an der weißen Wand sitzen, geht schnurstracks zu dem Absperrband, hinter dem Jona dabei ist, Gradus sorgsam mit diesem fleckenlosen Laken zuzudecken, als wäre er ein Kind vor dem Schlafengehen.

So hockt er da, die Hände mit Blut beschmiert, als hätte er gerade einen Mord begangen. Aber ich sehe auch, wie das Licht auf sein Gesicht fällt und sich in seinen Augen spiegelt, wie er aufsteht und Mutter die Hand entgegenstreckt, engelsgleich, während das eine Auge wie ein glashartes Prisma das Sonnenlicht bricht und das andere mich anzusehen scheint …

Mutter stellt sich neben ihn und legt einen Arm um ihn. Mir fällt auf, wie groß er geworden ist.

»Woran denkst du?« fragt sie.

»Er ist tot«, höre ich ihn sagen.

Danach dreht er sich zu mir um. Du lügst, das sehe ich. Aber mir fällt nicht ein, wie die Frage hätte lauten müssen.

10

Beim Abendessen zündet Mutter die Kerzen an. Sie schenkt Wasser und Wein ein und schaltet die Lampen an, gedimmt, obwohl es draußen noch hell ist.

»Gemütlich«, sagt sie, und: »Wir sind wieder zu Hause.«

Auf dem Tisch steht ein Topf mit Suppe, Tomatensuppe aus der Dose. Sie schneidet das Stangenbrot auf dem Brotbrett und legt Salamischeiben und Käse dazu. In einer Vase stehen Blumen, sie hat das Service aufgedeckt. Sie selbst sieht auch hübsch aus, mit Ohrringen und Lippenstift und einem Hauch Parfüm noch vom Nachmittag.

»Gemütlich«, sagt sie noch einmal.

Als wir am Tisch sitzen, erhebt sie das Glas und sagt zu Jona: »Gut, daß du wieder da bist.«

Jona reagiert nicht, er ist schon fast eine Woche da. Er spielt mit dem Löffel in seinem Teller. Die Suppe ist heiß, ich sehe, wie der Dampf ihm unten ans Kinn schlägt und dort Tropfen bildet. Es hat sich etwas verändert in diesem Gesicht, aber was genau habe ich noch nicht herausgefunden.

»Ich esse übrigens kein Fleisch mehr«, sagt er dann. »Aber sonst esse ich alles.«

Jona angelt die Klößchen aus seinem Teller und gibt sie mir. Das hättest du auch früher sagen können, sehe ich Mutter denken.

»Es war eine schöne Einäscherung«, sagt sie kurz darauf in so einem Ton, in dem man zu einer Großtante spricht.

Ich blicke auf von meinem Teller: Erwartet sie jetzt, daß wir etwas erwidern? Daß wir es auch schön fanden oder eindrucksvoll (denn das ist das Wort, das ich an diesem Nachmittag immer wieder gehört habe. Als ob eine Einäscherung ein Bergmassiv wäre: *eindrucksvoll*).

Jona sagt nichts, er ißt, als liefe er Marathon. Als sein Teller leer ist, nimmt er sich ein Stück Brot, um die Reste aufzutunken. »Gibt's noch mehr?«

»Es war schön, daß eure Porträts da hingen«, plappert Mutter, »aber es ist auch gut, daß sie wieder da sind. Hier, meine ich.« Sie deutet mit einer unbestimmten Handbewegung zur Diele, wo sie noch eingepackt am Treppengeländer stehen.

Jona steht auf und schöpft sich noch einen Teller voll, bugsiert die Klößchen zu mir und ißt weiter.

»Er war ein großer Künstler, in vielerlei Hinsicht. Ich bin froh, daß ihr ihn gekannt habt.«

Wieder erhebt Mutter das Glas: »Auf Gradus«, sagt sie, »und auf euch.«

»Du bist betrunken«, sagt Jona, »das haut nicht hin.«

Er schiebt seinen Stuhl zurück und geht aus dem Zimmer. Auch sein zweiter Teller Suppe ist leer und mit einer Brotrinde saubergewischt.

»Er spricht wieder«, sagt Mutter, als sie den Tisch abräumt, »das ist das Wichtigste. Miteinander sprechen.«

»Bist du wirklich betrunken?« frage ich.

»Hol mal Jona. Jemand muß hier den Abwasch machen.« Dann lacht sie.

Ich habe immer gedacht, daß dies zu Hause ist: die Villa mit den hohen Räumen und den langen, kühlen Fluren. Der

Dachboden unter einem Dach mit tausend Ziegeln, die sacht klappern, wenn es draußen stürmt; der Geruch des Bohrmehls, das auf den Balken liegt. Ich dachte: Zu Hause, das ist die Buche, der Storch auf der anderen Seite des Wassergrabens. Zu Hause, das ist das Licht in Jonas Zimmer. Kalte Füße auf einem Bretterfußboden.

Ich dachte: Zu Hause, das ist ein Ort mit vier Wänden und einem Dach. Ein Garten. Eine Dünensenke. Ein Fleck auf der Karte. Aber seit Jona wieder da ist, ist nichts mehr wie zu Hause; unser Haus ist wie ein falscher Wintermantel, den man nach einem Schulfest versehentlich angezogen hat und der einem im Ärmelloch zu eng ist.

Und ich bin nicht der einzige, dem es zu eng ist.

Mutter faßt einen Entschluß. Ein Containerwagen kommt vorgefahren und setzt einen rostigen Behälter auf den Kies zwischen den Rosen im Vorgarten. Aus einem schmierigen Kleinbus steigen drei Männer in Arbeitsanzügen. Mutter geht mit ihnen nach oben, sie sprechen kaum Niederländisch, ich sehe sie auf dem Flur im Obergeschoß gestikulieren wie eine Gebärdendolmetscherin, laut artikulierend, als wären die Männer tatsächlich taub. Fußstapfen erscheinen auf dem Marmor der Flure; Fingerabdrücke auf den weißen Wänden des Treppenhauses. Unmöglich, daß das Mutter nichts ausmacht, denke ich, aber es scheint ihr nichts auszumachen. Mutter ist aufgedreht.

»Ich habe einen Entschluß gefaßt«, sagt sie, als wir kurz danach auf der Veranda sitzen, »aber es ist noch eine Überraschung.« (*Mund auf, Augen zu.* Ich mag keine Überraschungen. Jona im übrigen auch nicht.)

Irgendwo über unseren Köpfen ist ein Höllenlärm losgegangen. Eimer um Eimer wird aus dem Dachfenster in einen Rüssel gekippt.

»Macht doch mal einen schönen Spaziergang in den Dünen«, sagt Mutter, »der Rucksack steht schon im Hauswirtschaftsraum.«

Aber sogar mit den Dünen stimmt etwas nicht mehr. Weil sie den Rucksack gepackt hat. Weil es ihr Plan ist, daß wir dort sind. Weil wir zu lange nicht dort gewesen sind, denke ich: Alles blüht und fliegt und kriecht einfach. Ich sehe Jona verzweifelt um sich blicken: *Der Lauf* ist anders, sagt er. Aber ich verstehe nicht, welchen Lauf er meint: der Kaninchen? Des Wassers? Der Sandabtragung?

»Laß uns zum Strand gehen«, schlage ich vor. Und dann, vorsichtig: »Warst du noch oft hier?«

Jona schweigt. Er schlägt den Muschelpfad ein, der mit gelben Pfosten markiert ist: der schnellste Weg zum Meer, das weiß sogar ich.

Als wir nach Hause kommen, ist die Sonne untergegangen. Im Vorgarten steht der Container wie ein Beinhaus in der Dämmerung, und in ihm ist alles, was aus dem Haus gerissen worden ist: der Schrank, der Spiegel, die Täfelung. Reste der kleinen Gaube, von der aus ich die Sterne beobachtete. Der Teppich. Der Sprungfederrahmen.

Mutter steht wartend in der Tür, mit Grundierfarbe an Händen und Haaren, die grau vom Baustaub sind.

»Ich suche noch eine hübsche Farbe«, sagt sie munter und führt uns in den Wintergarten, in dem eine irrsinnige Menge von Farbmustern ausgebreitet ist. »Oder wollt ihr Tapete?«

»Ist das die Überraschung?«

»Ich habe einen Entschluß gefaßt«, sagt Mutter zum drittenmal an diesem Tag: »Der Dachboden wird *ein* großes Zimmer für euch beide. Was sagt ihr dazu?«

Wortlos dreht Jona sich um und geht aus dem Zimmer.

Ich halte den Mund. Ich habe keine Ahnung, was ich dazu sagen soll.

Auf dem Flur im ersten Stock, am Fuß der Treppe, liegen unsere Schlafsäcke, daneben ein Stapel saubere Unterhosen, Socken und T-Shirts. Oben steht Jona in der Mitte unserer zerfledderten Zimmer: Die Zwischenwand ist herausgenommen, die Wandtäfelung und die Konterlattung sind durch den Rüssel im Container verschwunden. Wo einst das kleine Dachfenster in meinem Zimmer war, klafft jetzt ein riesiges Loch, vor das orangerote Baufolie gespannt ist. Zwischen den Dachlatten sind die Ziegel zu sehen, rotglasierte Ziegel, die sich wie junge Hunde im Nest aneinanderschmiegen. Der Raum ist groß und leer und sauber.

Jona steht oben auf der Leiter und stapelt eine Wand aus Kartons auf, leere Umzugskartons, die er so pfiffig gefaltet hat, daß sie sogar an die Schräge passen und an die Bettnische beim Fenster. Ich bleibe in der Tür stehen.

»Mutter meint, du sollst abwaschen«, sage ich.

Als eine Reaktion ausbleibt, nehme ich die leeren Kartons und beginne sie zu falten.

»Wie hoch willst du gehen?«

»Hoch.«

»He, Jona. Abwaschen«, versuche ich noch einmal.

Jona dreht sich auf der Leiter um, sein Scheitel streichelt fast die Decke.

»Wenn du das hier fertig machst«, sagt er und geht nach unten.

Ich sehe, daß das Gästezimmer gerichtet ist, die Betten zusammengeschoben und mit unserem eigenen Bettzeug bezogen sind. Ich sehe, daß unsere Kleider im Gästezimmerschrank hängen und daß das Teleskop am großen Fenster nach Westen aufgestellt ist – genau in das Licht des Leuchtturms. Ich sehe sogar den grünen Teppich am Boden, offenbar aus dem Container wieder ins Haus geschleppt, geklopft und abgesaugt und auf dem Boden neben den Gästebetten ausgerollt.

Meine Augen sehen alles mögliche, aber ich verstehe nichts von dem, was sie sehen.

Als ich aus dem Fenster des Gästezimmers schaue, sehe ich Jona im Garten einen Feuerplatz bauen im Licht des Halbmonds, im Licht der Strahlen vom Leuchtturm, im Schein des Lichts aus dem Wintergarten: Kleine Zweige sammelt er, herabgewehte Äste unter der Buche und der Weide. Er stapelt das Holz ordentlich auf, groß zu groß, klein zu klein. Das Feuer ist noch nicht an: Jona baut.

Und im Wintergarten, im Licht des großen Kerzenleuchters, steht Mutter zwischen Fächern aus buntem Papier und starrt vor sich hin, in die Dunkelheit, auf Jona, der ein Freudenfeuer baut.

Ob es ein Freudenfeuer ist? Oder das Fegefeuer? Ein Höllenbrand? Ein Brandopfer?

Ich sehe ihre murmelnden Lippen, die unruhigen Hände hinter dem Rücken – bis sie sich abrupt umdreht, die Farbmuster zusammenrafft und aus dem Bild verschwindet.

In der Dunkelheit, die zwischen den Intervallen des

Leuchtturmlichts einkehrt, sehe ich durch das Westfenster plötzlich einen Sternenregen auffunkeln, unwahrscheinlich groß und hell: Tausende von Meteoriten ziehen lange Striche über den Himmel. Ich will nach unten rennen, um Jona Bescheid zu sagen, will durch das Teleskop schauen, gleichzeitig bei der Sternwarte anrufen …

Da ertönen grauenerregende Schreie aus dem Garten: Der Scheiterhaufen hat Feuer gefangen und verursacht einen unkontrollierbaren Funkenregen. Mutter steht mit dem Kanister in der Hand daneben, zu ihren Füßen die Trümmer aus dem Container: Teile des Schranks, Dachlatten, ein Fußbodenbrett. Ich sehe, wie sie den Kanister absetzt und nach allem greift, was sie finden kann – was Jona gesammelt hat, was sie aus dem Container geholt hat, einen Arm voll Farbmuster –, und es in die Flammen wirft: Zweig und Fußbodenbrett, Spiegel und Wandtäfelung werden gleichermaßen ans Feuer verfüttert.

Und im Licht der aufstiebenden Funken und des Halbmonds schaut Jona reglos vom Rand des Wassergrabens aus zu – es ist die Störchin, die am anderen Ufer so herzzerreißend schreit.

11

Als ich aufwache, liege ich mit dem Kopf auf der Seite, die wir als Fußende bestimmt hatten, neben meinem Ohr Jonas Füße warm und reglos im Schlafsack, genau so, wie er gestern eingeschlafen ist. Es ist noch früh, so früh, daß sich kein Vogel rührt; so früh, daß ich zwar sehe, wie sich das Dunkel lichtet, wo wir die Baufolie weggenommen haben, aber es ist ein Sich-Lichten, lange bevor die Sonne aufgehen wird, lange bevor der Tag die Nacht verdrängt. Ich beschließe, mich nicht umzudrehen, halte den Blick weiter auf dieses Himmelsschwarz gerichtet, das kein Schwarz ist, sondern vor meinen Augen alle Farben annimmt, die in der Natur vorkommen; alle Farben geballt auf einer Fläche von einem Quadratmeter und innerhalb einer Zeitspanne von einem Viertel der Nacht. Und ich sehe, wie die Dunkelheit langsam vom tiefsten Schwarz zu einem klaren, durchdringenden Gelb verschwimmt, das der Vorbote von etwas Schrecklichem scheint und gleichzeitig von Schönheit …

Es ist der Morgen unseres Geburtstages.

Bald wird irgendwo im Haus der Wecker klingeln. Mutter wird in die Küche gehen und die Heizung hochdrehen. Sie wird die Torte aus dem Kühlschrank nehmen und Kerzen hineinstecken. Sie wird den Tisch decken und Eier kochen. Geschenke neben das Brot legen. Sie wird uns überraschen wollen.

»Jona.«

Der Körper neben mir macht keine Anstalten, zum Leben zu erwachen.

»Dein Geburtstag, Jona«, sage ich und greife in den Schlafsack, um sein Gesicht zu suchen.

»Dein Geburtstag, Job«, ertönt es zurück.

»Komm.«

Jonas Kopf erscheint. Ich zeige ihm das Loch. Er schaut, und ich verfolge ebenfalls, wie über unseren Köpfen ein großer Maler am Werk ist.

»He, Job.«

Es ist das erste Mal an diesem Morgen, daß ich die Augen meines Bruders suche. Bis zu diesem Zeitpunkt haben wir nur dagelegen und auf die Öffnung gestarrt, in der schließlich nicht viel mehr als milchiges Morgenlicht zu sehen ist. Aber Jona sagt nicht oft *He, Job*. Und sicherlich nicht so sanft.

»Hmmm.«

»Wer von uns ist eigentlich der Ältere?«

»Du doch.«

»Ich bin der Erstgeborene.«

»Also bist du der Ältere. Vierzehn Minuten älter.«

»Vierzig.«

»Hat es so lange gedauert?«

»He, Job.«

»Was ist denn?«

»Aber was, wenn ich nicht der Ältere bin. Zwar der Erstgeborene, aber nicht der Ältere. Geht das?«

Tja. Der Gedanke hatte was. Denn wodurch wird eigentlich bestimmt, wer der Ältere ist – doch nicht nur durch das Verstreichen der Zeit?

»Vielleicht kann ich ja, wenn ich nicht mehr der Ältere bin, der Jüngere sein …«

Wegen des Tons, in dem er das sagt, wegen der Dringlichkeit, die darin mitschwingt, suche ich zum zweitenmal an diesem Morgen die Augen meines Bruders. Und mit einemmal ist es, als verschafften diese Augen, klar und durchsichtig, mir wie ein Objektiv Zugang zu der Landschaft dahinter; eine desolate Wildnis, die ich noch nie zuvor gesehen habe. Mein Ebenbild, das sich mein ganzes Leben lang so vertraut in und bei mir eingenistet hat, daß ich es nicht mehr bemerkt habe, scheint sich in eine düstere Gestalt zu verwandeln, losgelöst von mir, schlimmer noch: losgelöst von sich selbst. Jona war im Begriff zu verschwinden.

»Du darfst wählen. Von mir aus darfst du wählen.«

»Alle glauben nur, daß du der Ältere bist, weil du der Erstgeborene bist.«

»Daß du mein Bruder bist, weil du mein Bruder bist.«

»Ja.«

»Aber du bist nicht der Ältere.«

»Nein.«

»Aber du bist mein Bruder.«

»Ja.«

»Dann muß ich der Ältere sein.«

»Ja.«

»Einer muß es sein.«

»Hmmm.«

(Ganz kurz hatte es wie ein Spiel ausgesehen, *und dann bist du der Ritter, und ich bin der Drache* – und ganz kurz spürte ich auch den Schauer aufkommen, der einen manchmal befällt, wenn man ein neues Spiel beginnt und sich eine Vorstellung von seiner Rolle zu machen versucht und von der Rolle des anderen: davon, wie man das Spiel spielen wird. Aber das dauerte nur einen Moment, denn in Jonas Stimme klang die Klarheit eines Entschlusses durch, der nicht aus der Luft gegriffen war, sondern auf reiflicher Überlegung beruhte.)

Das Aufstehen danach erfolgte in Stille; wir gingen beide mit so viel Bedacht vor, als käme es mehr denn je darauf an, welche Kleider wir anziehen sollten, wer als erster die Treppe hinuntergehen sollte. Jona pinkelt in die Dachrinne. Ich gehe auf die Toilette. Unten angekommen, nimmt Jona Mutters Küsse entgegen, während ich die Kerzen auspuste, die auf der Torte brennen. Bedächtig deckt Mutter den Frühstückstisch, schneidet die Torte, gibt uns Tee – als warte sie auf etwas, das noch kommen wird –, während es draußen aus einem gelben Himmel sacht zu regnen beginnt.

»Ich wollte heute ein Fest geben«, sagt sie schließlich, »es wird schon wieder aufklaren. Wir können etwas im Garten machen.«

Jona und ich sehen uns kurz an. Sollte Mutter tatsächlich etwas gemerkt haben? Sollte sie das Geheimnis, das wir teilen, etwa brechen, *neutralisieren* wollen, indem sie uns mitten zwischen andere setzt? Uns unseren Platz zeigt?

Und langsam, wie ein aufkommendes Fieber oder eine Erkältung, spüre ich, daß ich rot werde; spüre die Hitze der Scham aufziehen, weil mir bewußt wird, daß das Geheimnis von Jona und mir nicht nur unumkehrbar ist, sondern auch unteilbar. Teilbar durch lediglich eins: uns selbst.

(Und da fiel mir auch wieder Herr Wiebe ein, was er über Mitwisserschaft und Schuld gesagt hatte: als ob sich erst jetzt, Monate später, der Nebel um diese Worte verziehen konnte, um die Landschaft dahinter freizulegen – eine Landschaft, die ich noch nicht ganz überblicken konnte, die sich aber zum erstenmal erahnen ließ: Denn worin verbirgt sich die Bedeutung von Mitwisserschaft? Bezieht sich die Schuld auf das Mit-Wissen oder … auf das Wissen, das man nicht weitergibt? Und worin besteht dann der Unterschied zwischen Täter und Mitwisser? In der Handlung? Dem Ergebnis? Dem dahinterliegenden Motiv?)

Elend, als wäre bereits ein Verbrechen geschehen – gibt es auch Schuld an etwas, das erst noch eintreten wird? –, suche ich Halt in den Augen meines Bruders: Vielleicht war es ja nur ein Spiel, war es eine Anwandlung gewesen …

Unbeirrt sehe ich ihn das Tortenstück essen, das Mutter ihm vorgesetzt hat, als sei nichts und gleichzeitig alles anders geworden; als habe er seinen Platz gefunden. Aber macht er sich denn nicht die Unmöglichkeit unseres Entschlusses klar? Denn was sich geändert hat durch unseren Platzwechsel, ist ja gerade, daß wir einander *mehr denn je* schulden. Es ist nicht länger oder nicht ausschließlich die Gestaltung unseres gemeinsamen Lebens, zu der wir verpflichtet sind, sondern gerade, oder noch viel mehr, eine Verpflichtung gegenüber dem Leben des anderen.

War es wirklich so ein guter Plan, in die natürliche Ordnung der Dinge einzugreifen? War es nicht ein unmögliches Konstrukt, daß ich fortan der Ältere und Jona der Jüngere sein sollte – ein selbstgeschaffenes Gespinst, dazu verdammt, sich aufzulösen?

»He, Job. Herzlichen Glückwunsch«, höre ich Jona sagen.

»Herzlichen Glückwunsch«, erwidere ich munter.

Doch währenddessen spüre ich die Verantwortung auf meinen Schultern lasten, unseren Lebenslauf wider besseres Wissen mit dem Entschluß zur Deckung zu bringen.

12

»Ein Stuhl ist ein Stuhl, und wenn er auf der Bühne steht, bleibt es ein Stuhl. Trotzdem ist jeder Stuhl auf der Bühne ein erdachter, ein überlegter, ein *auserkorener* Stuhl. Ein normaler Stuhl würde nicht genügen. Es ist ein Konzept. Ein Kunstwerk in sich.«

Derlei Äußerungen hören wir jetzt täglich, seit Mutter beschlossen hat, von zu Hause aus zu arbeiten: Vorbei ist die Zeit, da sie ganze Tage in der Stadt zubrachte, vorbei die Zeit, da wir den Tag für uns selbst hatten – *und* die Abende, das Essen, den Raum, den Garten. Es geht ihr gut damit, sagt sie. Sie preist sich glücklich, uns um sich zu haben: ihre Welten *zu integrieren*.

Also kommt das Ensemble zu uns gereist; wird im Garten und im Wintergarten an theoretischen Rahmen und an der Dramaturgie gearbeitet; sind Ausstattungsgegenstände angeschleppt worden, um beurteilt zu werden – der Garten ist voll von barocken Schirmlampen und japanisch wirkenden Wandschirmen, dazu ein Sessel mit goldenen Füßen in einem übermäßig großen aufblasbaren Planschbecken; Requisiten, die aus unserem Grundstück einen Trödelladen machen, Accessoires eines anderen Lebens.

»Theater verträgt das normale Leben nicht. Verträgt normale Menschen nicht. Aber Theater ansehen, das geschieht aus dem normalen Leben heraus. Mit einer Laufmasche in der Strumpfhose und dem bitteren Geschmack von Kaffee aus dem Foyer noch im Mund. Wo findet dann der Übergang statt zwischen der einen Wirklichkeit und der anderen?«

Vom Dachfenster aus sehe ich Jona einen Stock tiefer auf dem Balkon von Mutters Zimmer, die Ellbogen auf das Geländer gestützt, den Kopf in die Hände gelegt, den Blick nach vorn gerichtet, über das Ensemble hinweg, das sich um die Hängematte versammelt hat. Hört Jona zu? Und falls er zuhört, tut er es aufmerksam? Verächtlich? Verständnislos? Ich würde gern in seine Augen schauen; als ich der Linie seines Blicks folge, lande ich nirgends.

»Schauen an sich ist bedeutungslos. Es ist ein dummer Mechanismus, wie Gehen; eine erlernte Möglichkeit, auf die Wirklichkeit zu reagieren. Ich schaue auf eine Bordsteinkante und reagiere darauf, indem ich mein linkes Bein etwas anhebe, so daß ich, ohne zu stolpern, weitergehen kann. Reine Funktionalität, eine gedankenlose, bedeutungslose Verbindung zwischen meinen Augen, meinem Fuß und dieser Bordsteinkante. Worin besteht dann die Bedeutung des Sehens? Im Schauen an sich, der Freude am visuellen Reiz? Im Objekt, auf das ich schaue? In dem Zusammenhang, den mein Gehirn zwischen dem herstellt, was ich sehe, und weiß der Himmel welch anderem Aspekt der Wirklichkeit, der irgendwo in meinem Kopf gespeichert ist?«

Theatralisch gehen sie durch einen imaginären Raum – Hans, Elmer, Simone, nicht alle Köpfe erkenne ich von hier oben –, schwadronierend, gestikulierend, als wäre es nicht ein Garten, sondern die Bühne; die Sträucher keine Gewächse, sondern Wesen. Sind wir bereits im Stück gelandet? Ist dies eine Probe? Oder wird lediglich gesprochen, nach Verständnis gesucht, nach der Bedeutung eines Textes, der noch nicht vorliegt?

»Die Melancholie des Alltäglichen erfaßt mich, wenn ich die Alltäglichkeit an einem für mich fremden Ort erfahre. Aber der Unterschied zwischen dem, was alltäglich ist, und dem, was Verwunderung erregt, ist mir entglitten – oder ich habe ihn nie gekannt, egal. Was man für gewöhnlich als das normale Leben bezeichnet oder die Wirklichkeit oder die Realität, ist eine Welt, die mir Angst einflößt.«

Eine merkwürdige Stille tritt ein, als erklänge ein gemeinsames Aufseufzen, kurz bevor das Amen nach einer langen Predigt gesprochen wird.

»Angst hat etwas mit einem Gespür für Beziehungen zu tun: Hier höre ich auf zu existieren, und etwas anderes beginnt. Der Abgrund. Das Wasser. Deine blitzenden Zähne.«

Das war Mutter. Ich habe nicht die leiseste Ahnung von dem, was sie da sagt, aber vor meinem geistigen Auge tauchen große, blitzende Zähne wie von einem Hund oder einem Wolf auf; ein Raubtier mit hochgezogenen Lefzen, das gegen die steigende Flut kämpft.

Von wessen Zähnen spricht sie da eigentlich?

Gemeinsam sehen wir uns die Fotos auf Mutters Kommode an. Jona winkte mir, als ich an ihrer Schlafzimmertür vorbeikam, um nach unten zu gehen. Ich habe mich nie getraut, sie mir so ausgiebig anzusehen, es kommt mir wie eine Intimität vor, die nicht für uns bestimmt ist; als würden wir in Mutters Wäscheschublade wühlen, um frivole Sets miteinander zu vergleichen. Und doch sind es nur Porträts, die überdies zur Ansicht dastehen – zwar in ihrem Zimmer, aber trotzdem zugänglich für andere Augen.

»Ich weiß nicht.«

»Was?«

»Ob wir uns das angucken sollen.«

»Sie stehen doch da, oder?«

»Ob wir das sehen sollen.«

»Mutter weiß selbst nicht, was sie sieht.«

»Woher weißt du das?«

»Daher, wie sie angeordnet sind. Sie hat keine Ahnung, was hier eigentlich steht.«

Wo holt Jona das nur her? Welche Wahrheit oder Logik vermag er dieser Sammlung abzuringen, dieser Batterie vergreister, verwitterter Augen und Alabasterköpfe, zerfressen von der Zeit und einer falschen Belichtung, die sich nicht mehr korrigieren läßt?

(Aber großartig war es, zu sehen, wie einmal die Unvollkommenheit Standard war, lange bevor die Retusche Gemeingut wurde: das Gesicht nicht anders, als es in diesem spezifischen Moment der Zeit ausgesehen haben muß. Gelangweilte, ängstliche, arglose, hochmütige Blicke, unumkehrbar in ihrem Ausdruck erstarrt. Aber auch, wie die Belichtung gelegentlich noch zu Hilfe kommen wollte, um die Unvollkommenheit zu verhüllen – wie der schwere Schatten, der über das Gesicht einer Mutter fällt und dabei die Müdigkeit der Augen mildert; oder das Licht in den Augen eines Kinderpaars, so klar im Weiß reflektiert, daß man nachzusehen vergißt, ob dort ein Spiegel steht oder ein kleiner Bruder. Und gerade durch diese gnadenlose Authentizität werden die Züge sichtbar, wie ein Fingerabdruck oder die Hornhautschichten einer Fußsohle, charakteristische Unebenheiten, die durch Vererbung die Generationen miteinander verbinden …

So muß ich versonnen mit mal diesem, mal jenem Porträt in den Händen dagestanden haben, nicht begreifend, worin das Geheimnis nun genau bestand, aber auch – durch die Berührung, indem ich das alte Papier unter dem Glas hervorholte, daran roch, es befühlte: die Tinte, den Aufdruck, den Stempel des Fotografen, der violett durch die Abbildung schimmerte – in einer Art Erregung, als müßte ich nur noch zum Hammer greifen, um das Fossil zu zerschlagen und die Kristallader freizulegen …)

Ich habe zu lange nichts gesagt. Jona ist aus dem Zimmer gegangen. Er steht auf dem Flur an die Balustrade gelehnt im Licht des Kronleuchters und schaut auf die Porträts. Unsere Porträts. Ich will mit ihm zusammen schauen, bewege mich zur halb geöffneten Tür und zu ihm, der jetzt selbst wie eine eingerahmte Gestalt zwischen dem Türrahmen und der Tür verewigt zu sein scheint –, als ich Mutter die Treppe heraufkommen höre, sie zögern sehe, noch bevor sie oben ist, ihr Gesicht sich den Gemälden zuwenden sehe. Dann verschwindet sie aus dem Bild. Sie hat sich auf die oberste Stufe gesetzt. Jona bleibt stehen.

Jetzt ist es still im Haus; das Volk im Garten verschwunden, als wäre die Vorstellung zu Ende; nur noch das Rauschen der Bäume, das durch das offene Fenster dringt, und die Stille dort, auf dem Flur – eine Stille, so massiv, daß ich nicht anders kann, als mich zu verstecken, zu verflüchtigen, wo ich stehe.

»Manchmal weiß ich nicht, was mir lieber ist: die Abbildung oder das Modell.«

»Das ist mir inzwischen klar.«

»Was dich beunruhigt, mein Sohn, ist der Gedanke, daß sich die Wahrheit in einer Prophezeiung verbirgt. Daß die

Wahrheit ausbuchstabiert ist, obwohl das Gegenteil erwiesen ist. Wir sind alle abergläubisch. Aber ich will dir ein Beispiel dafür geben, wie der Mensch bei der Prophezeiung des Schicksals versagen kann. Nicht alles läßt sich in einer Hand lesen. Oder in den Linien eines Gesichts. In der Kontur der Sterne. Oder in den Augen des Kindes.«

»Das sind nicht deine Worte.«

»In einem einzigen Menschen kann mehr stecken, als du denkst. Und was der gute Gott zeigen will, das zeigt er zu seiner Zeit. Miß dem keinen Wert bei, was du zu sehen glaubst. Der Baron und der Schornsteinfeger sind in jedem vertreten. Deine Augen sind beschränkt.«

»Ist Gradus der Vater?«

»Dies war die Prophezeiung: daß ich ein Kind bekommen sollte, einen Sohn mit rabenschwarzem Haar und leuchtendblauen Augen. Doch was ich bekam, war eine Verdoppelung, der eine das Nachbild des anderen. Da war kein Platz für beide, das wußten wir alle drei, also schloßt ihr einen Bund. Doch menschliches Eingreifen in die Linie, die für uns vorgezeichnet ist, nützt nichts. Man kann sich nicht straflos diesem Leben entziehen. Da war kein Raum für zwei, das war die Tatsache, das war der Teil der Prophezeiung, der stimmt. Der andere Teil stimmt übrigens nicht: daß ich mich des überzähligen Kindes entledigen würde.«

»*Jokaste.*« Jona spricht es aus, als würde er auf den Boden spucken. »Täusch dich nicht in dem Dritten.«

»Welchem Dritten?«

»Dem Kind.«

»Ich kenne deine Kraft.«

»Du kennst mich nicht.«

»Ich weiß, was es bedeutet, nur im Licht eines anderen

zu existieren. Durch die Augen eines anderen, durch die Worte eines anderen.«

»Wenn du keine Antwort auf meine Fragen hast, ist jedes Wort zuviel. Du bist taub, wie die Kohlengrube dunkel ist, und blind, wie die Tiefsee lautlos. Übrigens hat die Zukunft noch nicht begonnen. Weißt du, wann die volle Prophezeiung sich bewahrheitet?«

»Wo hast du gelernt, so zu sprechen?«

»Ich kann zuhören. Du nicht.«

»Ich würde gern wissen: Warum dieser Haß?«

»Wo Leere ist, wirst du keinen Haß finden. Übrigens auch keine Liebe. *It takes two to tango*, Ira.«

»Jona, merk dir das: Jedes Wort ist eine potentielle Lüge. Und jedes Bild eine Verzerrung. Aber was du bist, kann keine Verstellung sein. Ich habe es nämlich schon vorher gesehen. In meinem Augenaufschlag. In den Augen dieses Mannes.«

»Baron oder Schornsteinfeger?«

»Das bleibt dir überlassen.«

Was ist es, das ich anhand der Sterne zu bestimmen versuche? Eine Lage, ein Ziel, die Zukunft, meine Position? Es heißt, daß man alles ablesen kann an diesem Firmament voller Staubsysteme und leuchtender Ringnebel, die sich nach einem unverrückbaren Muster in bezug auf sich selbst und in bezug aufeinander durch die Zeit bewegen; so unabhängig von dem, was wir auf der Erde treiben, daß ich es immer anmaßender finde, zu denken, ich könnte auch nur einen Bruchteil von dem ergründen, was dahintersteckt – hinter dem, was ich sehe. Je mehr ich durch das Objektiv spähe, desto weniger verstehe ich, nein: um so besser begreife ich, daß ich nichts weiß, nichts sehe, allenfalls reproduziere, was ich anhand primitiver Karten und Bücher als Gewißheit betrachten zu können glaubte.

Hinzu kommt: Durch den Umbau ist das Fenster in unserem Dachzimmer so unendlich groß geworden, daß die Fläche, die ich mit meinem kleinen Teleskop abdecken muß, nicht sehr hilfreich dabei ist, mein Gefühl der Unzulänglichkeit zu verschleiern. Ich bin wie ein mittelalterlicher Seefahrer auf hoher See, der sich ohne Küstenlinie verloren weiß, weil die Navigation noch nicht ausreichend entwickelt ist.

Doch wenn ich nachts wachliege und Jonas regelmäßige Atemzüge neben mir spüre wie das Wogen einer ruhigen See; die kühle Nachtluft, die durch das offene Fenster hereingesogen wird, das Rauschen der Bäume wie eine Brandung; wenn ich nicht mehr weiß, was ich mit meinen kreisenden Gedanken tun soll, bietet die schwarze Fläche mir Trost.

Wenn ich dort bin, bin ich sicher – mit diesem Gedanken schrecke ich aus einem Halbschlaf oder einem Schlummer hoch und richte mich auf, um erst dann zu bemerken, daß das Bett neben mir leer ist. Auch in meiner Umgebung ist kein Jona zu sehen; nicht im anderen Bett, nicht auf dem Balkon, nicht am dritten Fenster, das beim Umbau hinzugekommen ist. Neblig vor Schlaf und Verwunderung, gehe ich zur Treppe und schleiche hinunter, weil ich vermutlich nicht gehört werden will, nicht sehen will, was Jona macht.

Die Tür zu Mutters Schlafzimmer ist angelehnt, das einzige Licht im Haus brennt dort. Ich lausche, spitze die Ohren, strenge die Augen an, um am Dunkel vorbei in diesem

Lichtstreif etwas sehen zu können; keine Bewegung, kein Geräusch, außer einem leisen Hüsteln, einem gedehnten leisen Hüsteln wie dem Reißen von Papier …

Mutter ist nicht da, und auf dem Fußboden in ihrem Zimmer, auf dem Teppich vor dem Kamin, sitzt Jona gebeugt über Karton- und Papierschnipsel, die er ordnet, studiert, sorgfältig zerreißt – wie ein Kind zwischen tausend Puzzleteilen. Als die Pendeluhr schlägt, erschrickt er nicht weniger als ich: Er hat mich bemerkt.

Den Finger auf den Lippen, bedeutet er mir, den Mund zu halten, obwohl ich aus dem Augenwinkel sehe, daß Mutters Bett unberührt ist. Ich kann mich nicht beherrschen.

»Wo ist …«, flüstere ich mit einem Nicken zur Seite.

Doch Jona antwortet nicht, er deutet auf das leere Stück Teppich neben sich, und ich setze mich.

Jetzt gibt es kein Geräusch mehr und kein anderes Licht als das der Stehlampe, die den Teppich so beleuchtet, daß wir wie Reisende auf einem Floß sind – einem Floß, übersät mit weißen und grauen Federn, als wäre gerade ein junger Schwan von einem wilden Tier zerfetzt worden. Auf der Kommode über uns, fällt mir jetzt auf, sind die Fotorahmen wie immer in Schlachtordnung aufgestellt, aber sie starren uns nicht an, sie sind wie eine Schulklasse blinder Kinder; totes Glas, das allenfalls das Licht in meinen Augen spiegelt. Die Rahmen sind leer, die Fotos auf dem Boden rings um Jona.

Und um ihn herum – in der Tat: als wäre es ein im Werden begriffenes Ravensburger Puzzle – liegen Teile Mund an Mund; die Augen bei den Augen; liegen abgerissene Unterkiefer und Stirnen beieinander, genau so, wie wenn man ein Puzzle aufbauen würde: erst das Weiß und Blau des Himmels beieinander, das Grün des Grases, dazwischen das Gelb und Rot des Blumenfeldes …

Jona verschiebt und puzzelt. Das Bild hat er im Kopf, er braucht nur die Teile dafür zu suchen, wie jemand anders Worte sucht für einen Gedanken, einen Klang für einen Akkord … Und unter meinen Augen, unter seinen Händen sehe ich, wie ein Porträt entsteht, das Porträt eines erwachsenen Mannes, aber es ist mehr als das, es ist wie ein Doppelstern; zwei Himmelskörper, so eng verbunden, daß für das bloße Auge *ein* Licht entsteht; so, mit fast holographischer Qualität, baut Jona aus den Fragmenten ein Gesicht zusammen wie eine alte Seele, durch die die Schichtung von Jahrhunderten und von Generationen hindurchscheint, eher eine Projektion denn ein Individuum …

Nach einer langen Zeit des Schweigens dringt die Welt wieder ins Zimmer; das Floß mit den tausend Daunenfedern strandet an der Küste der Realität, als die Uhr erneut schlägt.

»Wo ist Mutter denn?«

»Weggegangen.«

»Das kannst du doch nicht einfach machen, Jona!«

»Hast du eine bessere Idee?«

»Aber was machst du da? Warum sitzt du hier und zerreißt Fotos? Warum machst du ihre Sammlung kaputt?«

Verärgert will ich aus dem Zimmer gehen, als eine Reaktion ausbleibt. Warum zum Teufel so unergründlich? An der Tür drehe ich mich um und blicke auf meinen Bruder auf dem Teppich, blicke an ihm vorbei zu den uralten Bäumen im Garten, die sich in vollkommener Gleichgültigkeit im Wind wiegen – und auf einmal fühle ich Tränen in meinen Augen brennen, Tränen der Verständnislosigkeit ob seines Schweigens, aber auch Tränen um meinen Bruder, der auf dem Boden im Licht der Stehlampe in Fetzen von alten Fotos eine Antwort auf seine Fragen sucht …

(Wieviel Kraft benötigst du, um an deinem Entschluß festzuhalten? Wieviel Kraft benötigst du, um einen Entschluß immer wieder zu bekräftigen – so lange, bis er unumkehrbar geworden ist? Aber wenn du diese Kraft aufbringst, dann hast du doch bestimmt genug Kraft fürs Leben …)

Ich gehe ins Zimmer zurück und setze mich neben ihn.

»He, Jona. Wie machen wir das je wieder gut?«

Auf seinem Gesicht erscheint der Hauch eines Lächelns.

»Ich mache doch etwas gut«, sagt er leise. »Ich mache mich selbst. Neu.«

13

Heute begreife ich, daß es an jenem Tag hätte stürmen müssen, als ginge die Welt unter; daß aschgraue Wolken über den Himmel hätten fegen müssen, als stünde das Gewölbe einer Kathedrale kurz vor dem Einsturz; die Sonne verschlungen vom aufwirbelnden Staub der Erde ... (Wir wollen nichts lieber, als daß die Wahrheit sich gemäß unserer Erwartung offenbart, gemäß dem, was wir vorherahnen oder wissen: dem, was zu begreifen ist.)

Aber so hatte dieser Tag nicht begonnen, ein stiller Tag im Spätherbst, in dem es schien, als bäumte sich der Sommer wie ein Tier in seinen letzten Zuckungen auf, einen friedlichen Schleier über die Erde legend, die noch die Wärme der vorherigen Jahreszeit trug (die Erde, die bereits begonnen hatte, sich in sich selbst zurückzuziehen, das überschwengliche Grün gedämpft, das grelle Rot und Braun für sich behaltend wie eine Muschel in der Faust eines Kindes ...)

An jenem Abend, so wußte ich, würden die Leoniden vorbeirasen zum Zeichen, daß der Herbst nun wirklich angefangen hatte; würde ein Regen aus flammenden Brocken in die Atmosphäre eindringen, eine Funkenspur ziehen wie von den stählernen Bändern um die Räder des Sonnenwagens (*Flieg nicht zu hoch, sonst verbrennst du den Himmel, nicht zu tief, sonst versengst du die Erde* ...)

Und mit einem Gefühl der Erregung – als wäre ich Phaethon, der in dieser Nacht den Sonnenwagen lenken wollte – beginne ich den Tag, bevor der Tag begonnen hat: im Dunkeln, in der Düne, um für meinen Bruder zwei Exemplare dessen zu fangen, was seine neue Sammlung werden soll. Ich hatte gehört, daß die allerletzten Frösche, überfahren, auf der Straße zum Meer gesichtet worden waren.

(Und ich begreife jetzt, daß ein Ereignis, jedes Ereignis, unumkehrbar ist, selbst das des kleinsten Moments, das mit der geringsten Bedeutung; daß man es leugnen kann, vergessen, notfalls verdrängen, und daß es trotzdem unauslöschlich bleibt – eine Tatsache. Und ich begreife, daß nicht in der Tatsache selbst, sondern vielmehr in ihren langsamen, trägen Nachwehen die wahre Bedeutung eines Ereignisses liegt, denn Tatsachen rühren zwar an das, was man ist, doch erst die Folgen legen einen wirklich bloß – wie ein angespülter Pottwal am Strand, angefressen, noch bevor er gestorben ist, bereits verwesend während seines letzten Atemzugs; nicht gestorben durch das Anspülen an sich, sondern ganz einfach, weil er liegengeblieben ist …)

Das nahm ich mit: Mutters Nagelgarnitur mit Metallfeile und Schere, einer Pinzette und einem kleinen Schaber, dessen Funktion mir nicht klar war; eine kleine Streichholzschachtel und sicherheitshalber eine Schachtel mittlerer Größe, weil ich keine Ahnung hatte, wie groß die Tierchen sein würden; eine Tüte Verbandsmull; das Marmeladenglas mit den Löchern im Deckel für den Fall, daß ich die Tiere lebend vorfinden würde und Jona sie im Aga würde trocknen wollen. Es war das erste Mal, daß ich allein in die Dünen gehen würde, das erste Mal, daß ich Tiere fangen würde; nur gut, daß die Dunkelheit dieses frühen Morgens mich umhüllte, daß die Natur den Atem anhielt. Und sosehr ich mich freute, Jona zu überraschen, ich ließ ihn trotzdem schweren Herzens zurück, als ich mich leise aus dem Haus schlich.

(Und heute begreife ich: Dies war der Moment des Verrats. Denn hatte ich ihn zurücklassen dürfen? Hatte er mich gehen lassen dürfen? Haben wir einander da nicht losgelassen, in diesem einen Bruchteil einer Sekunde, in dem ich mich bewegte (in dem er sich bewegte); in dem ich den Entschluß faßte, *für ihn* aufzustehen?)

An der Straße zum Meer angekommen, merke ich, daß ich das Wichtigste vergessen habe: die Dynamotaschenlampe. Bis dorthin habe ich den Weg im Licht der Straßenlaternen finden können, doch jetzt, in den Dünen, spüre ich alles mögliche unter meinen Schuhsohlen knirschen, kann mit den Augen aber nichts erkennen. Ich kann warten bis zum Morgenlicht, beschließe ich, oder ich muß auf Händen und Füßen weitergehen. Und, die Nase möglichst dicht am Boden, mit den Händen über den schwarzen Asphalt tastend, suche ich die Straße vom Rand bis zur Mitte ab, bis zur weißen Linie und zurück, Meter um Meter ... bis ich etwas fühle, klein, klebrig, amorph – aber mit Beinen, unverkennbar.

Der erste Frosch!

Ich taste in meiner Tasche nach den mitgebrachten Werkzeugen und beginne zu pulen, zunächst mit den Fingernägeln, dann nehme ich doch lieber die Feile und kratze Millimeter für Millimeter die Überbleibsel des Tierchens von der Straße. Das Resultat, eine schmierige Masse mit kaum erkennbaren Formen, paßt leicht in die kleinere Schachtel;

ein Bein, unversehrt vom Asphalt gelöst, wenn auch nicht mehr am Rumpf, lege ich lose daneben.

Ich weiß nicht mehr, ob ich entzückt war über meinen Fang oder ob während der Ausführung meines Vorhabens bereits etwas von der Freude zu schwinden begann – es spielt keine Rolle: Die ersten Sonnenstrahlen streichen über das Land, und wie einen Spiegel unter einem plötzlichen Faustschlag spüre ich die Verzauberung zerbrechen: *Was tust du hier um Himmels willen?*

Danach ist alles still – bis zum ersten trübseligen Kreischen einer Silbermöwe. Dahin ist das Suchen nach Fröschen, dahin die Erregung über einen Plan, der schon im Ansatz zum Scheitern verdammt war. Schwer gehe ich mit meinem armseligen Fang die Küstenlinie entlang, die inzwischen im Licht badet … als ich Jona mir entgegenkommen sehe.

Er weiß, was ich hier mache. Ich sehe es in seinen Augen. Ich sehe es an dem Lächeln, mit dem er die Schachtel entgegennimmt – die Schachtel, die ich ihm scheu, aber doch auch ein wenig stolz, wortlos überreiche.

(Und in diesem Moment begriff ich, daß es an diesem Tag keine Überraschung mehr geben würde; wußte ich, daß alle Trümpfe ausgespielt waren. Wir folgten nur noch der Spur, die seit unserer Geburt, ja seit unserer Empfängnis für uns vorgezeichnet war – aber woher weiß man so etwas? Wann weiß man, daß ein Déjà-vu ein Vorbote ist und keine Wiederholung?

Ich wußte es. Ich wußte, daß wir in den Bunker gehen würden und daß Jona den Weg weisen würde. Ich wußte, daß er die Dynamotaschenlampe dabeihatte, daß er den Tunnel erkundet hatte, den wir nur vom Hörensagen kannten. Daß er, mutiger als ich, mir den Weg zu dem im toten Beton tief verborgenen Herzen zeigen würde.)

»Schau«, sagt Jona, »alles ist bereit.«

Ich versuche zu schauen, aber das nervöse Licht der Dynamotaschenlampe hindert mich daran, etwas zu sehen. Dann geht ein Licht an in dem feuchtkalten Raum; eine altmodische Karbidlampe brennt. Wir stehen auf einem Fußboden aus gestampfter Erde, um uns herum verwitterte Betonwände. An eine, links von der engen Öffnung, durch die wir hereingekommen sind, sind Regalbretter geschraubt: verwitterte Bretter zwar, aber erst vor kurzem verankert.

Und an die Bretter, sorgfältig geordnet – nach Größe, nach Art, nach Gattung, ich weiß nicht, wonach –, sind Kärtchen genagelt: »Tausendfüßler«, »Libelle«, »Zecke«, »Hummel«, sogar »Kaninchen« … Jeweils zwei: beschrieben, benannt, verewigt.

Aus seiner Jackentasche angelt Jona einen Frosch, klein und zart und unversehrt wie ein Embryo, und legt ihn zusammen mit der Streichholzschachtel, die ich ihm gab, zu dem Kärtchen auf das Brett.

»Für dich«, sagt er und hockt sich hin.

Als sich der Abend rot färbt, ist alles gesagt. Das Feuer in der Dünensenke neben dem Bunker glüht hoch auf, schweigend wärmt Jona sich die Hände. Er hat den Schlafsack für mich bereitgelegt, außerhalb des Rauchs, aber dicht bei den Flammen, doch ich kann mich nicht überwinden, hineinzuschlüpfen: Jede Bewegung, jeder Atemhauch kündigt den Beginn des nächsten Moments an. Mucksmäuschenstill sitze ich neben ihm, meine Hände in den seinen, die er an den Flammen des Feuers wärmt. Ich fürchte den Funkenflug, fürchte das Pochen von Jonas Herz, fürchte das Schweigen der Vögel, das Abflauen des Windes. Zum Rhythmus seiner Atemzüge schlafe ich schließlich ein.

Um Viertel nach vier in jener Nacht schrecke ich von der Stille hoch. Der Wind hat sich gelegt, das Feuer ist erloschen. Über meinem Kopf, lautlos wie in Zeitlupe, ziehen die Kometen vorbei, und für den Bruchteil einer Sekunde fühle ich mich leicht – als klopfte das Leben selbst mir auf die Schulter; die Berührung von jemandem, der mich auf die kleinen Botschaften aufmerksam machen will, die ich hätte empfangen können, die ich empfangen habe, aber nicht zu deuten wußte ...

Da geht er am Strand. Das ist kein Stromern mehr, kein Suchen: Sein Rücken ist gerade und breit wie der eines Mannes, die Füße bedächtig in die Erde gestemmt, wie um noch einmal den Sand zu spüren, jedes einzelne Korn zwischen den Zehen zu spüren, die feinen Ränder der Muscheln, das Salz, das sacht in die Hornhaut unter der Ferse beißt ...

Wenn er nun eine einzige Gebärde macht, denke ich, eine einzige geringfügige Bewegung, einen einzigen Haarriß zeigt in seiner Entschlossenheit; einen Fuß versetzt, einen Finger rührt, eine Locke, die im Wind verweht ...

So wenig Raum ist also zwischen seiner Entscheidung und der meinen, ihn zu lassen; so wenig ist dafür nötig, mich aus meiner Erstarrung erwachen zu lassen, die Düne hinunterzurennen, auf ihn zuzurennen, zu schreien, *es hinauszuschreien* ...

Doch nichts durchbricht die Einheit dieses Augenblicks, der endlos dauert. Nichts wird ihn jetzt noch verleugnen.

Dann berührt sein erster Fuß das Wasser, der Leuchtturm leuchtet ihm kurz, und im nächsten Moment liegt er in der Brandung, die ihn zu umarmen scheint wie ein großes, warmes Tier.

Zehn Sekunden, zwanzig, fünfzig – Entfernung und Zeit verschmelzen zu einem Maß; mit dem sicheren Schlag seiner Arme, der Bewegung der Wellen, der Lichtbahn des Leuchtturms schwimmt mein Bruder seiner Unendlichkeit entgegen.

14

– Daran erinnere ich mich: ein düsterer, klammer Raum, nicht größer als ein halbes Klassenzimmer. Der Boden ist hart, aber ungepflastert, festgestampfte Erde ist es, alte Erde. Der Raum ist niedrig, wenn ich hochspringe, kann ich mit den Fingerspitzen die Decke berühren. So zerfressen ist der Beton, daß er in Falten herabhängt, wie der Bauch eines alten Elefanten. Die Wände sind verwittert, aber es ist nichts in sie hineingekratzt, das weiß ich noch. Die anderen Räume waren vollgekritzelt. Namen. Herzen. Sprüche.

– Striche.

– Ja, ich erinnere mich an die Striche. Das war das einzige: Fünfunddreißig Striche sind in die Wand geritzt. Siebenmal fünf Striche, vier senkrecht und einer diagonal, das war alles. Und du ritzt den sechsunddreißigsten dazu. Mit dem Pfriem deines Taschenmessers.

– Am Himmel. Die Striche waren am Himmel.

– Es riecht stark, muffig, aber noch anders. Schärfer. Es ist kalt, daran erinnere ich mich noch. Trotzdem rieche ich meinen eigenen Schweiß. Oder deinen. Das Karbolineum vielleicht, das riecht auch so stark. Die Bretter sind damit getränkt, die Bretter, die du vom Strand geholt hast. Festes Holz ist es, nicht kleinzukriegen. Du hast die Nägel herausgezogen, die Löcher sehen jünger aus als das Holz. Wann hast du das eigentlich gemacht?

– Im November. Kurz bevor die Leoniden kommen sollten.

– Mit Dübeln hast du sie in der Wand verankert. Nagelneuen Dübeln.

– Wir gingen hinaus, um ein Feuer zu machen. Es war so kalt unter der Erde! Nichts hatten wir dabei, keine Decke, keinen Schlafsack. Es war reiner Zufall, daß wir dort waren. Du wolltest ein Feuer machen. Du sagtest: Ich mache ein Feuer, das bis zum Himmel reicht. Wir sind hinausgegangen, und ich sah, wie die Wellen in der Brandung leuchteten. Du gingst Holz sammeln, ich sah dich entlang der Wasserlinie Bretter schleppen, die nie brennen würden. Du wußtest nicht, daß du zur Strandräuberlinie mußtest, um gutes Holz zu finden. Holz, das schon abgelagert war. Ich hatte dir noch sagen wollen: Nicht da suchen. Aber du warst schon weg. Es war übrigens genug Holz da. Alles lag schon bereit. Holz. Essen. Streichhölzer. Schlafsäcke. Alles.

– Wann hast du das gemacht?

– Alles hatte ich bereitgelegt. Ich hatte Holz gesammelt, Essen mitgebracht. Ganz viel Essen, das ich für dich kochen wollte, auf dem Feuer. Aber du hattest keinen Appetit, hast du gesagt, du hast fast nichts gegessen an jenem Abend.

– Tränen liefen dir über die Wangen. Du sagtest, es sei der Rauch. Oder waren es meine Wangen? Ich erinnere mich nicht mehr. Ich hatte Angst, daß du alles kaputtmachen wolltest. Ich hatte auf einmal ganz große Angst, daß dies das Ende wäre. Ich wußte nicht, daß du neu anfangen wolltest.

– Das war für dich.

– Daß du auch mit einem Frosch angefangen hattest.

– Für dich. Alles habe ich für dich bereitgelegt. Einen

Schlafsack. Saubere Socken. Sogar Butterbrote habe ich mitgenommen und zusätzliches Holz für morgen früh. Es ist übrigens noch Suppe da. Möchtest du noch Suppe? Linsensuppe, die schmeckt auch kalt. Und Salbeiblättchen, frisch aus dem Garten in den Topf. Das habe ich dort gelernt. Ich habe dort auch Brot gebacken.

– Ich habe dich vermißt.

– Hier, nimm meinen Schlafsack. Du zitterst. Schau, man kann sehen, wie sich die Wellen kräuseln. Warum legt sich der Wind immer am Ende des Tages? Aber die Wellen kommen immer noch. Kommen immer weiter.

Ich habe dich auch vermißt.

– Es ist jetzt nicht mehr das Ende des Tages. Es ist Nacht. Ich will nicht mehr reingehen. Müssen wir drinnen schlafen? Ich will draußen bleiben. Die Leoniden kommen.

– Hier, nimm den Schlafsack. Du zitterst. Du kannst draußen schlafen, wenn du willst. Wir können mehr Holz aufs Feuer legen, es ist genug da. Du kannst hier liegen, weg vom Rauch, da ist es warm, ich tue Wasser in die Dose, um Tee für dich zu kochen. Möchtest du Tee? Wir brauchen nicht hinein, du findest es düster dort. Ich mag auch keine Karbidlampen, sie geben ein trübes Licht.

– Ich wußte, daß ich keinen Frosch fangen kann. Ich habe nie begriffen, wie du das machst.

– Licht, das ist der Unterschied. Meinst du nicht?

– Ich hasse es, daß du Tiere tötest.

– Ich töte sie nicht, ich bewahre sie. Wir haben mal einen Vogel begraben, weißt du noch? Nichts war davon übrig, kein Knöchelchen, keine Feder, nur die Vorstellung, daß er mal da war.

– Danach hast du angefangen. Das weiß ich noch.

– Weißt du noch, wie schön das war, diese hauchzarte Zeichnung auf dem Flügel der Libelle? Das Blau des Schmetterlings, das nie mehr verflog? Wenn sie tot sind, bleibt wenigstens etwas von ihnen übrig.

– Für dich. Für mich sind sie tot.

– Das will ich dir noch sagen: Mutter lügt. Sie sagt, daß Angst mit einem Gespür für Beziehungen zu tun hat. Aber das hat nichts mit Angst zu tun, sondern mit Liebe: *Hier höre ich auf zu existieren, und etwas anderes beginnt. Der Abgrund. Das Wasser. Deine blitzenden Zähne.*

– Wolltest du mir das sagen?

– Wein nicht, Brüderchen. Schau! Die Striche am Himmel. Die Leoniden sind gekommen.

– Das ist der Rauch in meinen Augen.

– Wünsch dir was.

– An mehr will ich mich nicht erinnern.

– Ist das dein Wunsch?

– Ja.

– Dann will ich mich auch nicht an mehr erinnern.

– Ist das dein Wunsch?

– Ja.

– Wollen wir in derselben Richtung schlafen, heute nacht?

Monologe

*»Thou has not half the power to do me harm
as I have to be hurt.«*

William Shakespeare, *Othello*

I

»Verzeihen Sie mir mein Unverständnis, Euer Ehren, aber ich sehe keinerlei Grund für die Annahme, ich sei unzurechnungsfähig gewesen. Unzureichend – da sagen Sie was. Darunter kann ich mir etwas vorstellen. Aber unzurechnungsfähig ... Unzurechnungsfähigkeit setzt eine geistige Schärfe voraus, die mir fremd ist. Ich habe noch nie den Überblick über mein Leben behalten können, es fehlt mir nun mal an Klarheit. Naiv, werden manche sagen, gedankenlos. Aber das meine ich nicht.

Sehen Sie: Die ganze Idee hinter der Unzurechnungsfähigkeit ist schließlich, daß einem unter normalen Umständen seine Taten angerechnet werden können; daß es eine Tat gibt, die auf einen Gedanken folgt, der der Tat voranging. Und sie setzt voraus, daß demjenigen, der den Gedanken denkt, dieser Gedanke auch in gewisser Weise bewußt ist, bevor er zur Tat schreitet, daß ihm in gewisser Weise auch die Gefühle bewußt sind, die damit zusammenhängen: Gefühle von Ehre und Rache oder von Groll und Neid, denn Gefühle betreffen selten Selbstverständlichkeiten, auch wenn manche das behaupten; und daß einem die Tragweite all dessen bewußt ist und der Zusammenhang. Ist das nicht der Ausgangspunkt der ganzen Überlegung, daß dieses geistige Strickmuster der Zustand ist, den wir zurechnungsfähig nennen?

Ich versichere Ihnen: Ich war nie zurechnungsfähig. Wäre ich es gewesen, so stünde ich nicht hier. Aber ich stehe hier, und ich scheue meine Verantwortung nicht.

Das muß ich erklären, ich sehe es an Ihrer Miene. Ich sehe, daß Sie mir nicht folgen. Aber es ist alles leicht zu verstehen, Euer Ehren, sehr leicht sogar. Vielleicht denken Sie zu weit, vielleicht suchen Sie zuviel hinter meinen Worten. Tun Sie es nicht. So weit reichen meine Fähigkeiten nicht.

Sehen Sie: Ich übernehme die Verantwortung für meine Taten, aber nicht für den Hergang der Dinge. Ich will nicht leugnen, daß ich eine Rolle gespielt habe. Ich will nicht leugnen, daß meine Rolle möglicherweise ausschlaggebend gewesen ist. Ist das etwas, worauf man stolz sein kann? Muß ich mich verkriechen vor Scham?

Ach! Ohne die Verantwortung für meine Rollen zu übernehmen, hätte ich ja gar nicht existiert!

Vielleicht drückt hier ja der Schuh, denn die Trennungslinie zwischen meinem Leben und dem eines anderen ist mir nicht immer klar gewesen. Ich habe mich in die dünne Linie verstrickt, die Menschen bindet und trennt. Ich habe meine Rolle gespielt, aber ob mich das schuldig macht …

Selbstreflexion, Euer Ehren, war nie meine Stärke. Und das ist nur gut, diese Eigenschaft wäre in meinem Beruf verheerend. Krasser ausgedrückt: Hätte ich die Fähigkeit besessen, über mich selbst zu reflektieren, dann wäre ich nicht, wer ich bin. Dann hätten meine Kinder nicht gelebt. Dann wäre eines von ihnen nicht gestorben. Dann stünde ich nicht hier.

Was ist die Voraussetzung für Schuld? Wo liegt die Grenze zwischen der, die ich war, und dem, was ich tat?

Darüber wage ich kein Urteil zu fällen.

Sie schon, hoffe ich. Es bleibt Ihnen nichts anderes übrig. Sie werden dafür bezahlt.

Unzulänglichkeit, das ist ein inhaltsschweres Wort. Das sagt mir etwas. Wir werden noch oft darauf zurückkommen, Sie und ich. Aber nicht jetzt. Noch nicht.

Haben Sie eigentlich eine leise Ahnung, wovon Sie sprechen? Sie sehen wirklich nicht aus wie einer, der weiß, was es bedeutet, unzureichend oder unzulänglich zu sein. Ja, je länger ich Sie ansehe, um so klarer wird mir, daß Sie abgespannt sind. Sie trinken zuviel. Sie sind müde, wenn Sie nach Hause kommen, nicht wahr? Und Sie freuen sich auch nicht immer, nach Hause zu gehen, Sie wissen allerdings auch nicht, was Sie sonst tun sollten, aber Sie sind Ihrer Frau etwas überdrüssig. Sie sind nicht gerade ein kreativer Mensch, will ich mal sagen. Nicht gerade ein Draufgänger.

Will sagen: ein Feigling.

Sie wissen nicht, was es heißt, unzulänglich zu sein. Sie können es auch nicht wissen. Feiglinge bleiben aus der Schußlinie. Feiglinge sehen zu, daß sie innerhalb der Grenzen ihrer Beschränkungen bleiben. Euer Ehren, Ihre Fähigkeiten sind überschaubar. Ihre Loyalität kennt Nuancen. Ihre Überzeugungen sind flexibel. Ihre Einsichten wandelbar. Sie sind ein redlicher Mensch.

Sie haben keine Ahnung, was es heißt, unzulänglich zu sein. Jeden Moment seines Lebens den Todesstoß der eigenen Begrenzungen zwischen den Schulterblättern erwarten zu können. Die Bereitschaft zu entdecken, sich selbst diesen Todesstoß zu versetzen, sollte es nötig sein.

Das wußten Sie nicht, daß Unzulänglichkeit zum Tode führen kann?

Ach, mein Herr, was machen wir hier eigentlich?

Was um Himmels willen machen Sie hier?

Ist es Ihnen recht, wenn ich es für heute hierbei belasse?«

2

»Sie wollen wissen, wer ich bin. Das scheint mir nicht unberechtigt, wir haben hier noch Tage miteinander zu tun, nicht wahr. Aber wo soll ich anfangen? Wo ist der Beginn meiner Geschichte?

Geben Sie um Himmels willen meinen Worten etwas Richtung, Euer Ehren!

Vielleicht helfen uns ja die Fakten?

Name: Immaculata Palm. Geboren: 29. Februar 1952.

Übrigens (vielleicht ist das ja ein nettes Detail): Ich hätte viel früher geboren werden sollen. Anscheinend wollte ich nicht kommen. Drei Wochen hat meine Mutter die Wehen erduldet – stellen Sie sich das einmal vor! Hat Ihre Frau je ein Kind geboren? Und, waren Sie dabei? Gut. Wissen Sie noch, wie es war, will ich nur fragen.

Drei Wochen fruchtloses Gebären …

Die Stimmbänder hingen ihr in Fetzen aus der Kehle. Vor Schmerzen Erbrochenes spritzte auf die Tapete. Ihr Becken lag nach einiger Zeit so breit da, daß die Ausscheidungen von allein herausliefen. Das Mädchen weigerte sich zum Schluß, das Zimmer zum Saubermachen zu betreten, sie riß die Balkontüren im Schlafzimmer auf und schloß die Tür. Mein Vater hatte sich schon Tage zuvor in die Bibliothek zurückgezogen, in der festen Absicht, nie wieder herauszukommen. Zu guter Letzt schritt die Nachbarin ein, sie konnte den Gestank und das Gekreische nicht mehr ertragen. Sie hat den Handfeger genommen und die Vagina meiner Mutter so lange mit dem Stiel bearbeitet, bis ich draußen war. Keine appetitliche Geschichte, da stimme ich Ihnen zu. Aber so ist es geschehen, und so kam ich auf die Welt: mit einem Handfegerstiel neben dem linken Ohr und in einer unendlichen Blutlache.

Danach hat die Nachbarin meinen Vater mit demselben Handfegerstiel gnadenlos verdroschen und ist nach Hause gegangen, um den Doktor anzurufen.

Ich weiß nicht, ob Sie das für wichtig halten, aber eigentlich bin ich Wassermann. Ein fischiger Wassermann – der Protokollführer sollte das notieren, vielleicht spielt es noch mal eine Rolle: geboren am Ende des Winters, geplant am Beginn.

In jenen Tagen herrschte ein schrecklicher Schneesturm, man sagte, wegen des Schaltjahrs. Der Fluß war zugefroren. Ein eisiger Polarwind fegte über das Land. Wer das vorhergesehen hatte, hatte sich im Haus verschanzt, den Keller gefüllt mit Kohle und eingemachten Bohnen, ein gepökeltes Schwein und Äpfel auf dem Dachboden. Aber so waren meine Eltern nicht, die sahen nichts vorher. Meine Eltern waren Träumer. Glaubende. Die hatten so viel Vertrauen in die Güte des Daseins, daß sie sogar auf ein gutes Ende des Winters vertrauten.

Der Winter ging gut zu Ende, aber nicht rechtzeitig.

Der Kellerschrank war leer. Die Wasserleitungen waren geplatzt. Das Mädchen kochte heulend die letzten Reste trockener Grütze in dem Schnee, der zwischen den Dachziegeln auf den Küchenfußboden fiel. Nichts zu essen als Grütze und Apfelmus. Literweise Apfelmus aus dem eigenen Garten: ein halber Hektar Hochstammbäume.

Ich habe mich manchmal gefragt, was das bei einer Frau bewirkt: ein Kind zur Welt zu bringen bei Apfelmus und mottenverseuchter Grütze.

Was das bei einem Kind bewirkt.

Immaculata Palm. Bei näherer Betrachtung wußte mein Vater sich keinen Rat mit dieser Namensgebung. Mein Großvater hieß Immaculatus, ein passender Name für einen Mann mit einer Berufung. Aber ich kann mir vorstellen, daß der Name an Bedeutung einbüßt, wenn das solchermaßen benannte Kind in einem rasenden Sturm und aus einer verblutenden Frau geboren wird.

Die Telefonmasten waren wie Zweige unter dem Gewicht des Eises geknickt. Mein Vater saß völlig benommen am Küchentisch, noch blutend von den Schlägen mit dem Handfegerstiel, während das Mädchen jammernd seine Wunden mit Tüchern verband. Die Nachbarin prügelte schließlich ihren ältesten Sohn auf die Straße, damit er den Doktor hole. Er war frech und der Stärkste des Dorfes. Er kannte den Fluß wie seine Westentasche. Aber auch ihn hat es erwischt: Er verlor den Überblick und geriet mit seinem Bein zwischen die Eisschollen. Man hat seine Leiche später gefunden, sie war unter dem Eis bis zum Brückenpfeiler getrieben und dort wie eine riesige Alge hängengeblieben.

Ich habe noch mehr Tote auf dem Gewissen. Auch das Pferd des Doktors verschied. Der Doktor hatte an jenem Abend zu seinem Ärger die Alarmglocke auf der anderen

Flußseite läuten hören, was bedeutete, daß er dort drüben dringend erwünscht war. Aber weil sein Auto nicht starten wollte, weil die Fähre nicht fuhr, weil der Fluß zugefroren war und die Eisschollen so in Bewegung, daß er nicht zu Fuß hinübergehen konnte, hatte er seinen alten Gaul vor den Wagen gespannt. Die Pflicht rief, obwohl er gerade beim vierten Glas Branntwein am Ofen saß und in einem schönen Buch blätterte.

Sie schafften es nicht ans andere Ufer. Der Doktor jagte sein Pferd durch den Schneesturm den Deich hinauf, über das Deichvorland zur Brücke, die sich als unbefahrbar erwies, weiter zur zweiten Brücke, die Hand nicht sehr fest an den Zügeln, der Blick trübe durch Frost und Branntwein … Das Tier mußte einen falschen Tritt gemacht haben. Mit einer Spritze in den Herzmuskel erlöste der Doktor es von seinem Leiden und ging müde nach Hause zurück.

Vier Tage später begann der Winter zu weichen. Meine Mutter lag ausgeblutet und komatös auf dem Ehebett. Irgendwo im Waschkorb lag ich und schrie vor Krämpfen, weil die Nachbarin mich mangels Milch mit dem letzten Apfelmus am Leben erhielt. Mein Vater saß erschöpft in seiner verdunkelten Bibliothek und sah zu seinem Entsetzen durch die Ritzen der Fensterläden, wie die Sonne durch die Wolkendecke brach: Der Sturm hatte sich gelegt. Der Schnee schmolz. Das Mädchen wischte schniefend das Schmelzwasser auf. Weit weg schrie das Kind im Waschkorb. Und seine Frau war tot oder so gut wie tot.

Er zog sich Schuhe an und ging hinaus. Der Himmel war blau und ruhig. Er machte sich auf den langen Weg den Fluß entlang, über die zweite Brücke zum Haus des Doktors, zum Rathaus, um die Geburt anzuzeigen, zurück ins Dorf, um einen Geistlichen zu Rate zu ziehen und um eine Amme zu finden, bevor das Kind starb.

Mein Gott, wo ist der Beginn meiner Geschichte? Keine Geschichte fängt einfach im luftleeren Raum an, alles hat einen Ursprung – auch das Leben, auch die Liebe, auch mein Leben. Aber wo liegt er dann, der Ausgangspunkt für alles? Irgend etwas muß meiner Geschichte doch vorausgegangen sein: die Geschichte meiner Eltern, und noch weiter zurück, denn auch ihre Geschichte setzt eine frühere fort, als wären wir nichts als ein Epilog zu einem vorangegangenen Leben, eine Ergänzung …

Wissen Sie: Als Kind schaute ich gern von meinem Bett aus bei Nacht zum Himmelslicht, das durch das Dachfenster hereinfiel. Ich hielt mir die Hand dicht vors Gesicht, starrte auf meine Fingerspitzen und ließ dann das Auge Millionen von Lichtjahren zu einem Stern weit über mir gleiten – eine Reise von hier bis zur Unendlichkeit zwischen Daumen und Zeigefinger, im Bruchteil einer Sekunde.

Man behauptet, daß die Geschichte Ordnung im Chaos schafft. Man behauptet, daß die Geschichte die Schöpfung ordnet. Aber wenn eine Geschichte die Neuschöpfung von etwas bedeutet, das es bereits gibt, wo liegt dann der Ausgangspunkt? Beim Daumen oder beim Stern? Und wie verhalten sie sich zueinander, wenn sie sich räumlich und zeitlich so nah kommen können, in Wirklichkeit aber unvereinbar sind?

Nein, meine Mutter ist nicht gestorben. Sie ist einfach implodiert, wenngleich es noch Jahre dauerte, bis dieser Prozeß vollendet war. Und auch mein Vater kehrte unversehrt zurück nach einem fünftägigen Fußmarsch durch ein auftauendes Land.

Auf dem Weg zu seinem Ziel – dem Doktor, dem Rathaus, einem Geistlichen, der Amme – hat er jedem, der es hören wollte, von seiner frischen Vaterschaft erzählt. Und mit jeder Wiederholung dieser Mitteilung, den Glückwünschen und dem dazugehörigen Alkohol stieg die Euphorie ihm stärker zu Kopf. Beim Rathaus angekommen, hatte er sich mit Immaculata voll ausgesöhnt, doch seine dicke Zunge konnte die Buchstaben nicht mehr fassen, und aus seiner trockenen Kehle gurgelte lediglich ein ausgelassenes »Imraraca!«

Der diensttuende Beamte, der so etwas schon häufiger erlebt hatte, griff zum Vornamenregister in seiner Schreibtischschublade und tippte auf *Ira*.

Als Antwort auf Ihre Frage: Ira Palm, geboren am 29. Februar 1952 auf Kosten von drei Leben, wovon eines das eines Pferdes war und eines auf Raten. Ihr Protokollführer darf das notieren.«

3

»Nein, Euer Ehren, an Zufall glaube ich nicht. Im übrigen auch nicht an die Vorsehung, und schon gar nicht an das Schicksal. Die Dinge geschehen nun mal, wie sie geschehen. Man kann nicht mit Vorbedacht leben, auch wenn wir das noch so gern täten. Der Mensch ist gut beraten, sich so schnell wie möglich mit dem Dasein zu arrangieren, anderenfalls bleibt uns nichts als Ohnmacht und Neid. Dann wird das Leben erst richtig zu einer Prüfung.

Weil das, wonach wir streben, unerreichbar ist. Weil Hingabe frustriert. Weil ein Lebensziel nicht zu realisieren ist – darum.

Sie verstehen mich nicht?

Sie fragen, ob ich an den Zufall glaube. Ich sage Ihnen: Meine Eltern waren Glaubende. Ich habe es gesehen, es brachte nichts als Ärger. Nein – *gläubig* waren sie nicht, das ist wieder eine andere Kategorie, dieses Elend ist ihnen erspart geblieben. Aber sie hegten doch ein bedingungsloses Vertrauen in die Güte des Daseins. Sie haben ihr Leben lang gekämpft, um sich diese Überzeugung zu bewahren. Aber ich sage Ihnen: Ohnmacht und Neid sind das Resultat des Glaubens an das Wahre oder das Schöne oder das Gute.

Das können Sie mir glauben. Ich habe es gesehen.

Ich war nicht dazu vorbestimmt, geboren zu werden. Das habe ich mir nicht selbst ausgedacht, das hat man mich wissen lassen. Manche Gedanken werden gewußt, bevor sie jemandes Bewußtsein richtig erreicht haben, dafür braucht man nicht denken zu können. Ich habe den Blick gesehen, das Grauen in den Augen: *Mein Gott, du hättest nie geboren werden dürfen.* Ich habe die Hand gespürt, wenn ich hochgenommen wurde, kalt wie ein Handschuh an einem Wintermorgen …

Das hat nichts mit Haß zu tun. Übrigens genausowenig mit Liebe oder mangelnder Liebe. Man sagt ja, die Liebe sei etwas zwischen zwei Menschen, zum Beispiel einer Mutter zu ihrem Kind oder eines Vaters zu seinem Kind, und natürlich auch umgekehrt, denn Abhängigkeit ist ein fruchtbarer Boden für die Liebe, wenngleich er selten verläßlich ist. Aber für die Liebe braucht es nur einen, auch wenn das Gegenteil behauptet wird. Ebenso für den Haß.

Ich habe meine Eltern geliebt, wie ich das Licht liebe, das bei Sonnenuntergang über den Fluß streicht, ohne ihn zu berühren. Ich habe sie geliebt, wie ich den Duft des Apfelgartens liebe, wenn die Früchte zu lange hängen und die Luft von Süße erfüllt ist. Soll ich dem Apfelbaum vorwerfen, daß er mich nicht streichelt? Soll ich der Sonne vorwerfen, daß ich nicht ihre einzige Liebhaberin bin?

Ich habe immer gewußt, daß das Leben nicht auf mich wartete. *Ich* wollte schon, aber das Leben hat mich mit wenig Begeisterung empfangen. Ich habe eben das Beste daraus gemacht, auch ohne daß das Leben auf einen wartet, kann man glücklich sein.

Aber mit meinen Eltern hat das nichts zu tun. Das ist eine Sache zwischen mir und dem Leben. Das ist meine ureigene Sache.

So ging es weiter: Zehn Tage nach meiner Geburt erschien die Min, die Amme. Ihren richtigen Namen kenne ich nicht, die Amme hieß Min, und Minne, wenn ich etwas von ihr wollte. Aber diese Minne kam erst später, als Mutter längst tot und begraben war und Min nicht mehr ständig auf dem Dachboden schlief.

Min wohnte im Dorf auf der anderen Seite des Flusses und ging mit Jan, der Seemann war. Min war sechzehn, als sie schwanger wurde und Jan von See nicht zurückkehrte. Ich weiß nicht, ob Jan ertrunken ist oder einfach fortblieb, nachdem sein Mädchen schwanger wurde, jedenfalls war Jan weg und blieb weg, und Min gebar zwei Jungen gleichzeitig, von denen der eine ein kräftiger Bursche war und der andere eine kümmerliche Mißgeburt. Sie hat die Mißgeburt in Windeln gewickelt und an den Ofen gelegt, damit sie leise sterben konnte, und Klein-Jan gab sie die volle Ladung aus beiden Brüsten. Doch die Mißgeburt starb nicht, sie war sich selbst genug. Und Klein-Jan, der mit der vollen Ladung, wurde nach einer Woche vom fliegenden Fieber gepackt, trocknete aus und war binnen vierundzwanzig Stunden tot.

Min begrub Klein-Jan und nahm die Fähre zur anderen Flußseite, nachdem man ihr Kost und Logis im Tausch für ihre Brust zugesagt hatte. Sie durfte froh sein, daß Herr Palm sie als Amme einstellte, so kurz nach dem Tod eines von ihr gestillten Kindes. Also betrat sie unseren Garten, in der einen Hand einen Koffer und in der anderen den Korb mit dem Kind, das keinen Namen hatte, aber trotzdem lebte.

Was ist Zufall, Euer Ehren? Vorsehung? Schicksal? Ich teilte mir die erste Muttermilch mit einem namenlosen

Wechselbalg, der nicht hätte leben sollen, dank des Todes seines Bruders aber doch lebte. Und ich labte mich an Mins Reichtum, weil die Brüste, die mir zustanden, es vorzogen zu schrumpfen, anstatt zu stillen.

Wissen Sie, was das bei mir bewirkt hat? Weiß ich das? Spielt es eine Rolle?

Meine Mutter blieb im Koma, bis der Frühling kam. An dem Tag beschloß das Mädchen, die Winterfensterläden aufzustoßen. Das Sonnenlicht fiel herein, der Duft zarter Blüten füllte das Zimmer, in dem meine Mutter lag, und sie schlug die Augen auf – um festzustellen, daß neben ihr das Kind lag, das sie an den Rand des Todes gebracht hatte. Meine Mutter schrie. Das Mädchen schrie. Mein Vater kam aus seinem Arbeitszimmer und beförderte mich umgehend auf den Dachboden, in Mins kleine Kammer, in der Dritter Jan seit seiner Ankunft gelegen hatte.

Danach blieb alles beim alten. Im Hinterhaus herrschte das Mädchen über die Vorräte und den Waschkorb und trug territoriale Konflikte mit der mittleren Tochter der Nachbarin aus, die für meinen Vater kochte. Die vorderen Zimmer blieben unter Staubhüllen und verschlossen, ohne Frau gab mein Vater keine Empfänge, und angesichts des unglücklichen Verlaufs der Geburt war auch niemand geneigt, ihn zu besuchen.

Sie wissen das wahrscheinlich nicht, aber Angelegenheiten von Krankheit und Tod sind ansteckend, und die meisten Menschen leiden an Ansteckungsangst. Mein Vater wußte das auch nicht, aber als das Haus lange still war und still blieb, zog er seine Konsequenzen und vergrub sich in der Bibliothek in Erwartung der Genesung seiner Frau.

Wie können Sie jetzt fragen, ob ich etwas vermisse, dessen Vorhandensein ich nicht einmal kannte? Sie gehen einfach davon aus, daß der Beginn meiner Geschichte bei meinen Eltern liegt. Sie sind ein bequemer Mensch. Ich sage Ihnen noch einmal: Die Liebe ist nicht unbedingt eine Sache zwischen zwei Menschen, und die Liebe zu einem Vater oder einer Mutter schon gar nicht. Wäre das so, dann würden jetzt eine Menge vereister Seelen über die dürre Ebene einer unvollkommenen Jugend irren. Ich hatte Mins Schoß, ich durfte in Jets Waschkorb spielen und beim Einwecken der Bohnen helfen. Wozu sollte man seine Eltern vermissen? Welches sind die exklusiven Eigenschaften einer Mutter, die Minne oder Jet nicht haben? Warum sollte ein Streicheln der schlaffen Finger meines Vaters aufrichtiger sein als eine Ohrfeige von schwieligen Frauenhänden?

Wenn der Zustand meiner Mutter es zuließ, durfte ich vor dem Schlafengehen bei ihr sitzen. Min hatte mich im Badezuber geschrubbt und mir ein sauberes Nachthemd angezogen. Sie hatte mir die nassen Haare gekämmt und geflochten und die Fingernägel kurz geschnitten. Mutter saß mit zusätzlichen Kissen im Rücken da, und ich setzte mich zu ihr, ohne sie zu berühren, sogar ohne die Sprungfedern des Bettes zum Schwingen zu bringen.

Doch manchmal war sie es, die meine Hand nahm und sie in ihrer hielt wie ein Gänseei, schwer und dunkel in ihren bleichen Handflächen.

Sie mochte es nicht, wenn ich sprach. Sie wollte nichts von meiner Welt wissen, vom Wind, der über den Fluß strich, und vom Geruch in der Wäschekammer und von Drittem Jan, der nicht sprechen konnte, aber wuchs wie

Kohl. Sie wollte nichts wissen von Mins steifen Röcken und von Jets harter Hand, vom Haferbrei mit besonders viel Zucker, wenn ich artig gewesen war. Sie wollte nichts wissen von der Welt, von der sie abgeschnitten war seit dem Tag meiner Geburt, als das Leben ihr das Dasein genommen hatte, in dem sie für immer hatte bleiben wollen.

Später, als ich lesen konnte und gelernt hatte, die Worte zu sprechen, die meine Mutter ertrug, las ich ihr manchmal leise die Geschichten ihrer Sehnsucht vor: Ibsen und Fontane, Tschechow, Marcel Proust, und ich begriff, daß Worte nicht dazu da sind, zu enthüllen, sondern um zu vergessen.

Meist aber saßen wir schweigend bis Sonnenuntergang beieinander, bis sie sagte: *Geh jetzt, mein Kind.* Dann ging ich nach oben, die Holztreppe hinauf zum Spitzboden, und schlich zu Min hinein, um Dritten Jan zu wecken und ihn in mein Bett mitzunehmen.«

4

»Ihre Frage verschüchtert mich. Ich bin nicht besonders scheu veranlagt, das wissen Sie, aber wenn man sich von vornherein unverstanden fühlt, regt sich selbst beim Beherztesten die Scham.

Weil Leidenschaft unheilbar ist. Weil die Begierde eines jungen Mädchens nicht anders ist als die einer erwachsenen Frau, allenfalls brennender, schmerzlicher: Der Ausweg ist noch nicht gefunden. Das Verlangen muß sich selbst löschen.

Ich habe ihn geliebt. Ich habe diesen schweren, unvollkommenen Körper liebgehabt, wie er mich liebhatte. Stünden mir bessere Worte zur Verfügung, so würde ich es nicht Liebe nennen. Im übrigen auch nicht Anhänglichkeit. Selbstbefriedigung mit Hilfsmitteln, vielleicht können Sie sich darunter etwas vorstellen?

Ach, in jeder Verdeutlichung geht eine Nuance verloren, das wissen Sie besser als jeder andere, nehme ich an.

Aber warum wollen Sie das eigentlich alles von mir wissen? Glauben Sie wirklich, daß darin die Erklärung für das Geschehene liegt? Glauben Sie wirklich, daß Sie mit meinen Geschichten – auch wenn ich unter Eid stehe und mein Äußerstes tue, Ihre Fragen wahrheitsgemäß zu beantworten – auch nur einen Bruchteil meines Lebens aufklären können?

Sie fragen mich, ob ich mit Drittem Jan Liebe gemacht

habe. Sie wollen von mir ein simples Ja oder Nein. Aber wenn ich Ihnen die Frage stellen würde, ob Sie mit Ihrer Frau *Liebe machen* – wie viele Worte glauben Sie zu brauchen, um das wahrheitsgemäß zu beantworten?

Sehen Sie, so einfach ist das nicht.

Nein, Euer Ehren, locker war ich nie in der Liebe, eher viel zu gewissenhaft. Ich habe Liebhaber gehabt, aber nie Pläne gemacht. Für die Arbeit und für die Liebe ist nichts so verheerend, wie Pläne zu machen, vor allem wenn man das Alter erreicht hat, in dem man sich selbst ernst zu nehmen beginnt. Pläne machen nur Kinder und hoffnungslos Verliebte, für die so ein fiktiver Halt unentbehrlich ist, um nicht unterzugehen im Meer der Möglichkeiten, das sie vor sich wähnen. Ich kenne meine Beschränkungen, ich mache keine weitergehenden Pläne als bis zum Abendessen und sage meinen Liebhabern dasselbe: Ich habe keine Pläne mit dir, was soll ich heute für dich kochen?

Es wird so viel von der Liebe behauptet. Daß sie keine Lügen verträgt oder keine Untreue. Daß sie von zwei Seiten kommen muß, wenn sie sich zu etwas Schönem entwickeln soll. Es heißt, daß wir die Liebe hegen und pflegen müssen, für sie kämpfen, notfalls sterben – doch nichts von alldem ist wahr. Die Liebe kreuzt deinen Weg, wie ein Mondstrahl ins Dachfenster fallen kann, nicht unverhofft, aber doch ungefragt, und du weißt, du kannst ihr nicht entrinnen. Du weißt, du kannst für alle Zeiten mit den Füßen auf dem Kopfkissen liegen – das Mondlicht wird deswegen nicht schwächer scheinen. Und der Winkel, aus dem es dein Kissen beleuchtet, wird sich dadurch um keinen Grad ändern.

Wissen Sie: Es war, weil wir am selben Tag geboren waren; weil wir aus verschiedenen Körpern geboren sind; weil wir vom selben Körper am Leben erhalten wurden – darum waren wir nicht Bruder und Schwester, aber genausowenig Fremde füreinander. Hätten wir Brüder oder Schwestern gehabt, dann hätte es noch einen Puffer gegeben, dann hätte sich vielleicht diese Trennungslinie entwickeln können zwischen ihm und mir, zwischen Bild und Ebenbild. Wir aber waren gemeinsam die Fortsetzung unserer selbst – genauso wie ein sehr kleines Kind nicht unterscheiden kann zwischen der Hand, die schlägt, und der Hand, die streichelt; zwischen den eigenen Fingern und dem Stofflappen, den es damit festhält. Zwischen der eigenen Einsamkeit und der des anderen.

Von dem Tag an, an dem meine Mutter aus dem Koma erwachte und so lange schrie, bis ich auf den Dachboden befördert wurde – von diesem Tag an sind wir unter dem Ziegeldach auf dem Spitzboden unseres Hauses miteinander eingeschlafen. Zusammen hörten wir den Wind über dem Fluß säuseln, hörten die Frauen auf der Bleichwiese tratschen; wir schnupperten den Geruch des Feuers ein, wenn die Schinken geräuchert wurden, und von frischem Fisch, wenn der Fischer kam. Und zwischen den breiten Ritzen der verwitterten Bretter sahen wir die Sterne wandern, die Jahreszeiten verstreichen, die Nächte länger und kürzer werden – jahrein, jahraus. Das ist das einzige, was er je vom Leben gesehen hat: die Deckenverkleidung mit den tausend roten Ziegeln, hinter denen kleine Lichter im Schwarz der Nacht leuchteten. Doch weil er nicht allein war, weil ich mit ihm zusammen schaute, hatte dieses Leben eine Daseinsberechtigung. Hatte mein Leben eine Daseinsberechtigung. Zwei überzählige Kinder, die ineinander die Bestätigung fanden, daß sie nicht austauschbar sind, sondern unentbehrlich – füreinander.

Ach, manche Geschichten sind so melancholisch, daß ich mich hüte, sie mit anderen zu teilen. Weil sich nicht erklären läßt, daß diese Traurigkeit Schein ist, nichts als ein verdammtes Hineininterpretieren verirrter Seelen, die sich keine Vorstellung von der Leichtigkeit machen können, mit der ein Kind Ungemach zu seinem Vorteil ummünzen kann.

Vierzehn war ich, als Mutter starb, als Minne vom Dachboden nach unten zog und Dritter Jan in ein Heim außerhalb der Stadt gebracht wurde. Da wußte ich: Es ist Zeit zu gehen. Ich verließ das Haus meines Vaters und zog in das Obergeschoß des Theaters Lastage, wo ich an warmen Sommerabenden Fledermäuse herumflattern sah. Es war nicht viel mehr als eine Holzwand zwischen Erde und Himmel, zusammengehalten von wurmstichigen Dachbalken, an denen die momentan nicht gebrauchten Kostüme hingen. Aus dem, was von den Kulissen übrig war, baute ich mir ein Haus: Ich lebte abwechselnd in den elysischen Gefilden oder in einem zerschossenen Dorf im Kaukasus. Und in der Mitte stand der riesige Tisch, ein Überbleibsel von Lancelot, der fast den gesamten Boden in Beschlag nahm und groß genug war, alles Leben, das ein Haus beherbergt, zu tragen; neun Barockstühle mit goldenen Füßen wie ein Strahlenkranz um ihn herum; ein Kerzenleuchter, so groß, daß ich sonst keine Lampen brauchte, und so hoch, daß ich auf den Tisch klettern mußte, um die heruntergebrannten Kerzen zu ersetzen.

Und in der Nacht, wenn die Stimmen verstummten und das Theater ausgestorben war, kletterten Romeo und Julia von den Dachbalken herab und tanzten dort Tango.

Doch mein wirkliches Leben spielte sich im Souterrain ab, das so oft überflutet wurde, daß es nur noch der Lagerung von Gütern diente, die ohnehin auf den Sperrmüll mußten. An trockenen Tagen, und das waren die meisten, streunte ich durch die Gewölbe, in denen alle Verbindungen zusammenzukommen schienen: die dicken Heizungsrohre, an denen ich mir im Winter die Hände wärmte, die bunten Bündel der Stromkabel, die Regenrohre, die das Wasser nach einem ausgeklügelten System in einen alten Brunnen leiteten, der genau in der Mitte des Kellers stand. Dort war kein Raum für Einsamkeit und auch keine Zeit, die wie ein fliegender Teppichklopfer hinter dir herjagt, um dich anzutreiben. Dort gab es kein unerfülltes Verlangen nach einem oberirdischen Dasein oder Heimweh nach einer unbekannten Vergangenheit. In diesem tröpfelnden Universum gehörte ich der Welt, und die Welt lag mir zu Füßen. Ich lauschte den Worten, die durch die Entwässerungsrohre erstaunlich klar im Brunnen widerhallten: das unaufhörliche Geplapper aus dem Nähatelier, das Fluchen und Schimpfen aus der Tischlerwerkstatt, die mystischen Zauberformeln, die Gradus auf der Bühne sprach – Worte, so viele und so groß, daß ihre Bedeutung ungreifbar blieb, die aber Bilder heraufbeschworen, die mir etwas sagten. Greifbare Bilder, von Schönheit und Freundschaft, Liebe und Tod, von Eifersucht und Schein.

Bilder davon, wie das Leben sein könnte. Davon, wie das Leben war. Wie es sein müßte.«

5

»Ich hätte vielleicht nie Kinder bekommen sollen. Ich weiß nicht, ob diese mangelnde Eignung erblich ist, jedenfalls gilt für meine Eltern genau das gleiche. Die einzige wesentliche Rolle, die ich in meinem Leben je hätte haben können, wurde mir von ihnen versagt: die der Tochter. Und das erwies sich als eine nicht zu füllende Leere – oder vielleicht auch: eine Leere, die endlos und nach Belieben gefüllt werden kann. Ich tue seitdem nichts anderes.

Glauben Sie nicht, daß es eine Art Test geben müßte, um diese mangelnde Eignung vorauszusagen? Alle Frauen im fruchtbaren Alter müßten sich ihm unterziehen, und der Welt würde eine Menge Schmerzen und Sorgen erspart, das kann ich Ihnen sagen. Nicht nur dem Mann übrigens – ich sehe Sie das schon denken.

Trotzdem glaube ich, daß es letztlich nur um eines geht: daß das Kinderkriegen nichts weiter ist als ein atemloser Versuch, der Leere Wahrheit abzuringen; zu beweisen, daß wir mehr sind als ein Kulissenteil in unserem eigenen Leben, mehr als ein Requisit, das nach Belieben aufgehoben oder weggelegt werden kann, je nach seiner Funktion in der Geschichte. Und folglich machen wir ein Kind und machen aus ihm ein Requisit in unserem eigenen Leben.

Nein, ich weiß nicht, wer der Vater ist. Das habe ich Ihnen im übrigen bereits gesagt, warum wollen Sie es noch einmal hören? Was wollen Sie hören – daß ich es nicht weiß? Warum quälen Sie mich so?

Ich traf keine Wahl. Die scheinheiligen Jahre der Vernunft hatte ich noch nicht erreicht, und selbst wenn ich sie erreicht hätte, wäre eine Wahl unmöglich gewesen. Denn wer sagt mir, wer ein guter Vater sein könnte? Wer hätte mir den Weg zu den besten Genen zeigen können, obendrein zur besten Kombination zwischen seinen Genen und meinen? Wer, *was* hätte mich bei meiner Wahl unterstützen sollen: meine Nase, die die animalischen Düfte zwischen den Brusthaaren des Begehrenswerten einsog? Mein Intellekt, der sich an den Analysen des Brillanten weidete? Mein Ehrgeiz, bis zum Äußersten herausgefordert vom Selbstgenügsamen?

Eine solche Entscheidung sollten wir besser dem Zufall überlassen, den Würfeln, notfalls der Geschwindigkeit der Samenzellen. Das ist eine Verantwortung, die der Mensch nicht auf sich nehmen darf. Wir haben die Folgen zu tragen, das stimmt, aber es ist anmaßend zu denken, wir dürften über Leben und Tod bestimmen. Über Leben in diesem Fall.

Und dennoch ... wenn ich mir irgend etwas vorwerfen kann, dann dies: daß ich meinen Söhnen den Puffer versagt habe zwischen meinem und ihrem Selbst. Denn ich begreife jetzt, daß es für eine Tochter nur eine große Liebe gibt, für einen Sohn nur einen würdigen Feind: den Vater. Wer den entbehrt, muß sich mit einem Scheingefecht behelfen, und das geht selten gut aus.

Wann beginnt der Verrat eines Kindes an seiner Mutter? Ist die Existenz meiner Söhne etwas, das sie mir anlasten dürfen – ein berechtigter Vorwurf an den Lauf der Dinge, deren Folge sie nicht nur sind, sondern auch deren Ursache? Oder ist auch hier wieder das Schicksal in Kraft, diese armselige Ausrede für alles, was im Leben geschieht, hinter der man sich so bequem verstecken kann? Das Schicksal, das bestimmt, ob wir geboren werden und welche Wendung unser Leben dann nimmt, ohne seine Kundschafter vorauszuschicken, um über das zu berichten, was vor uns liegt ...

Und dann: Wann beginnt der Verrat der Mutter am Kind? Wann beginnt die Leugnung der eigenen Gene? Beim Tragen, das kein Tragen ist, sondern ein Verhüllen? Bei der Empfängnis, die keine Empfängnis hätte sein müssen? Oder erst viel später, beim Kuß vor dem Schlafengehen, vertraut in seiner Gleichgültigkeit, flüchtig, weil das Leben anderswo lockt?

Jeder Entschluß schafft Distanz – der Entschluß, liebzuhaben oder Kinder zu bekommen; zu leben oder das Leben Leben sein zu lassen. Das, Euer Ehren, setzt eine geistige Verfassung voraus, die mir fremd ist: Zurechnungsfähig bin ich nie gewesen.

Letztlich ist es der Zweifel an der Liebe, der uns das Leben erproben läßt. Es ist nicht der Zweifel an uns selbst, der uns tapfer macht; nicht der Zweifel am anderen. Es ist der Zweifel an der Wahrhaftigkeit dessen, was uns bindet – oder trennen wird.

So weit habe ich mich nicht zu gehen getraut. Ich hatte eine tödliche Angst vor dem Resultat: daß nichts da wäre.

Also bat ich sie an jenem Tag alle drei, zu kommen. Und machte Liebe, dreimal nacheinander.

In der Tat, Liebe – Sie haben richtig gehört.
Danach habe ich gewartet.
Danach wurden sie geboren.

Was wollten Sie sonst noch wissen?«

Epilog

(Chor)
»Der Zweifel an der Liebe brachte den Sohn dazu,
Das Leben zu erproben – wie die Mutter,
Wiewohl sie sich fürs Leben entschied, er für den Tod.
Doch wie ihr Sohn war auch sie unbarmherzig,
Ließ keine Gnade. Keinen Raum dem Zweifel.
Sie waren wie die Pole eines Magneten,
Ohne es selbst zu wissen: spiegelbildlich.
Im Bündnis ihrer Söhne vermeinte sie zu sehen,
Was Narziß im Wasser sah:
Das Nachbild einer irrenden Seele,
Die nur bestehen kann dank diesem:
Dem Wasser. Dem Abgrund. Den Augen des anderen.
Um selbst zu bestehen, ließen sie einander keine Wahl.
Sie: indem sie ihn fraß.
Er: indem er sie verstieß.
Und in dem Kampf, der so entstand
– Nicht auf Leben und Tod, nur ums Dasein –,
Verloren sie den Blick auf das, was sie verband:
Die Mutter zuviel Tochter, der Junge zuwenig Sohn.
Der dritte, der dazwischen stand, versagte
(Ihm ist nichts vorzuwerfen, er war ein Kind,
Nahm seinen Bruder in Schutz vor den blitzenden
Zähnen,
Die, wie jene einer Hündin, den Welpen
Ins Nest zurückschleppen wollten).

Härte kann auch Liebe sein – doch das
Kam später erst: Vorerst war nur Schuld.
Verstrickt ins Netz schlichten Unvermögens,
Erreichten sie dies: ein Leben beendet,
Ein Leben versehrt, ein Leben lebenslang belastet.
Gesegnet wie sie waren mit Träumen und Tatkraft,
Gebrach es ihnen an dem einen: dem Trost
Der Ahnung eines Horizonts.«

Nachweis

Die Worte für den Prolog flossen vor Jahren aus meiner Feder, inspiriert (vielleicht sogar teilweise übernommen) von einem oder mehreren Bühnentexten. Meine Erinnerung sagt mir, daß ich für Teile dieses Textes Dank schulde, zu meinem Bedauern erwähnen meine Notizen nicht, wem.

Das Zitat auf Seite 32 stammt aus *Der Brief für den König* von Tonke Dragt (Weinheim, Basel 1977).

Eine Passage aus *Die Dame mit dem Hündchen* von Anton Tschechow veranlaßte mich zum Schreiben des inneren Monologs auf Seite 63f.

Für den theatralischen Dialog auf Seite 94ff. habe ich einen Monolog von Iokaste aus Sophokles' *König Ödipus* bearbeitet.

Dankbar machte ich Gebrauch von den Betrachtungen Gerrit Komrijs über das Selbstporträt und die Porträtkunst in *Kijken is bekeken worden* (Betrachten ist betrachtet werden; Amsterdam 1996); von David Mamets *Richtig und Falsch* (Berlin 2001) über Stanislavski, Schauspieler und Schauspielern; von der Erzählung »Mijn verleden tijd« (Meine Vergangenheit) von Leo Vroman in *Nexus* Nr. 24 (Tilburg 1999) über Zeit und Distanz; und von dem Essay »Wet en liefde« (Gesetz und Liebe) von Moshe Halbertal in *Nexus* Nr. 29 – über die Liebe.